QUAND PARIS ÉTAIT SON AMOUR

Un roman

HEIDI M. HARRISON

Traduit de l'anglais (États-Unis) par Agnès-Lahn GOZIN

Titre original :
When Paris Was Her Lover

Quand Paris Était Son Amour
Copyright © 2024 by Heidi Harrison

ISBN 979-8-9857672-2-3 (paperback)
ISBN 979-8-9857672-3-0 (Kindle)
ISBN 979-8-9857672-4-7 (EPUB)
ISBN 979-8-9857672-2-3 (French Edition)
Library of Congress Control Number : 2023920066

EMERALD HOUSE PUBLISHING
www.emeraldhpublishing.com

Imprimé aux États-Unis. Première Edition (en anglais) : Juillet 2022
Couverture par ©Clare Colins,

Design du livre et de la couverture par Kathy Campbell of Gorham Printing,
Photographie de Paris, permission d'utilisation ©Brune d'Esna

De la même autrice
Chez **Sapphire Books Publishing** :
The Four Seasons, 2018

À ma merveilleuse maman de quatre-vingt-douze ans,

Qui me rappelle, chaque jour,

Combien la résilience et l'amour sont intrinsèquement liés.

« Existe-t-il un arbre que le vent n'a jamais secoué ? »

PROVERBE PACHTOUN

Prologue

PARIS 2000

Marlene Robinson se tenait sous la tour Eiffel, seule. Elle se laissait envelopper, envoûter et emporter dans les airs par sa délicate structure. À cet instant, dans son esprit, il n'y avait plus ni frontière, ni limite, elle était revenue quinze ans en arrière, lorsque, plus jeune, Paris était son amour. Partout où elle se promena ce jour-là, des années plus tard, elle était toujours aussi séduite. La ville touchait tous ses sens et la nourrissait de sublime.

Paris n'avait jamais voulu que Marlene l'oubliât, mais c'était pourtant le cas quand Marlene n'était plus là. Aujourd'hui, elle ressentait cette puissance permanente et elle se souvenait qu'un jour, quelqu'un lui avait dit qu'un amour vrai le demeure éternellement. Que lorsqu'on accueille l'autre, que l'on s'y arrête, que l'on plonge dans les profondeurs[1] de sa vie, son empreinte reste à jamais.

Pendant sa promenade ce matin-là, les odeurs l'avaient enivrée. Un mélange désirable flottait dans ses narines. L'odeur de la levure qui monte se mêlant à celle du beurre et de la vanille, les arômes de cannelle et de chocolat exsudant de ces quartiers tranquilles où les boulangers sortaient leurs fournées juste chaudes.

---

1   En français dans le texte

Dans une autre rue, dans une autre cuisine, des pommes de terre rissolaient dans l'huile d'olive avec des herbes de Provence[2].

Les bruits de Paris emplissaient ses oreilles. Le vent soufflait sur la Seine.

Le trafic du matin bourdonnait dans la ville.

Les échos d'un violoncelle et d'un violon dans une église changèrent la tonalité de son âme.

Marlene fut soudain rattrapée par ses fragilités et toute la liste des désirs qu'elle n'avait jamais réalisés.

Elle leva les yeux vers La tour Eiffel[3], sentant son maillage métallique épais l'envelopper comme une écharpe élégamment nouée autour de son cou, fine étoffe de soie drapée gracieusement autour de ses bras, et qui en révélait les formes.

J'ai grandi. Je ne suis plus une enfant, comme lorsque nous nous sommes vues la première fois. J'étais alors face à une porte fermée, prisonnière de mes schémas mentaux. Aujourd'hui, quinze ans plus tard, je suis prête pour elle.

Elle plongea profondément dans le paysage[4] mémoriel de son être alors que la brise murmurait à travers les entrelacs de la tour Eiffel. Quelque part, ancré au fond de sa conscience se nichait une petite voix, un chuchotement, un murmure tranquille qui lui disait : « *Laisse chaque part de toi se fondre dans la pluie sur le trottoir, là où la colonnade du Louvre s'ouvre[5], baigne-toi dans la rivière éternelle de l'histoire, nous sommes de vieilles âmes, tous autant que nous sommes.* » Le murmure la suivait, pendant que les péniches allaient et venaient suivant le cours de la Seine.

Il y a des parfums à savourer, comme ceux des effluves capturant votre âme un dimanche matin d'automne, quand les feuilles tourbillonnent dans tous les sens, flottant autour de vos paupières, et atterrissant doucement à vos pieds.

---

2   Idem

3   Idem

4   Idem

5   Idem

PREMIÈRE PARTIE

Les Rencontres[6]

---

6   En français dans le texte

CHAPITRE 1

SAN FRANCISCO 1985

Marlene vivait à Divisadero, sur Haight street, là où les tramways MUNI traversent les rues et où souvent, tard dans la nuit, des femmes peuvent se mettre à hurler, maudire un amant, et ouvrir la fenêtre pour balancer toutes ses affaires sur le trottoir. C'était la toute fin de l'époque de la liberté d'expression et de l'amour libre qui s'était répandue jusqu'à Haight-Ashbury. Le sida avait également pris position là où, autrefois, on pouvait trouver un joyeux mélange de gens branchés, défoncés, remplissant les parcs et les trottoirs. Il y régnait maintenant une note sinistre, une fin lugubre à la fête en cours.

Chaque jour, après son travail d'enseignante en maternelle, Marlene rentrait chez elle, jetait vite fait son sac sur le sol de son appartement, enfilait ses baskets et allait marcher. Elle descendait souvent à toute vitesse Haight Street et finissait dans un café ou au parc du Golden Gate. Elle aimait les collines du Castro, ses vieilles maisons, grandes dames glorifiées de cette ville aimée qu'elle appelait « sa ville ». De temps en temps, quand elle ne voulait pas cuisiner ou glander dans son appartement, elle se faufilait au Castro Theater et croquait du pop-corn en regardant de vieux films, son esprit quittant les enfants de l'école qui chouinaient, ainsi que sa dure et indicible réalité. Elle n'avait pas d'amis et personne à aimer.

Quand le film se terminait, elle finissait souvent à la librairie *A Different Light,* où elle pouvait trouver toutes les autrices lesbiennes émergentes. Puis elle rentrait chez elle, souvent vers minuit, en écoutant le bruit de ses pas qui résonnaient sur le trottoir. À San Francisco, parce que la différence était la norme, elle se sentait accueillie. Jusqu'au jour où ce fut pourtant une nécessité d'en partir, afin de s'aventurer dans un monde encore plus sacré - ce quelque part qui résonnait avec ses rêves - peut-être même avec quelqu'un qui répondrait à ses vœux les plus profonds.

Son désir reflétait le décalage typiquement provincial qui l'étouffait. Une espèce d'ingénuité qui semblait tuer dans l'œuf toutes les idées aventureuses qui surgissaient dans son cerveau.

Un samedi, elle fit un tour sur Valencia Street, dans le quartier de la Mission, où les odeurs d'ail, de cumin, de piment et de coriandre flottaient dans l'air. Elle entra dans le célèbre Artémis Café, où elle avait fait partie, un temps, d'un groupe de coming out dirigé par une femme prénommée Dolly. C'était alors sa première entrée officielle dans le monde de l'homosexualité, et quand cela s'était fini quelques mois plus tard, elle s'était attendue à ce que de nouveaux mondes s'ouvrent à elle. Au lieu de cela, en son for intérieur, elle nourrissait une blessure, une solitude, une maladresse avec la vie elle-même.

L'un des exercices du parcours prévu par Dolly était d'aller dans un bar lesbien. Elle s'y rendit avec ses copines du groupe, et, alors qu'elle s'asseyait au bar ce soir-là, et qu'elle regardait autour d'elle, elle eut une sensation bizarre : celle que les autres savaient ce qu'elles faisaient, alors qu'elle, elle n'avait pas la moindre idée de comment boire, danser, se rapprocher des femmes, ou même juste parler. Sans dire au revoir à quiconque de son groupe, elle se sauva, retournant à son monde de solitude, dans cette ville qui, malgré son sentiment d'appartenance, la rendait désireuse de quelque chose de plus.

Elle finit dans l'un de ses cafés préférés, le *Dancing Monkey*. Elle commanda un café au lait. Elle laissa la crème épaisse et le café corsé danser en elle, comme ils avaient précédemment dansé une rumba avec bonheur sur sa langue, avant de descendre dans son estomac où, finalement, ils allaient créer des ravages en satisfaisant totalement son besoin impérieux de café au lait. Pour l'instant cependant, son corps rassasié, Marlene alla aux toilettes et son regard s'attarda sur le tableau d'affichage dans le couloir à l'entrée des WC. Elle n'avait pas besoin d'un colocataire, d'un appartement ou d'un travail. Elle ne voulait pas d'un massage ou de quelqu'un pour faire le ménage chez elle. Les annonces étaient toutes les mêmes. Soudain, elle repéra une nouveauté, apparue depuis sa dernière visite : une publicité, écrite à la main en anglais mais avec un style européen, vantant un gîte lesbien à Paris. Elle la relut plus de trois fois et l'emporta. De retour à sa table, elle nota rapidement le numéro de téléphone et les autres détails, puis elle alla remettre le papier à sa place. Avec un sourire qui n'avait pas éclairé son visage depuis des lustres, elle rentra chez elle.

Ses mains tremblaient sur le combiné du téléphone tandis qu'elle préparait les mots français dans son esprit et appuyait fébrilement sur les touches, les unes après les autres.

CHAPITRE 2

FRANCE, ISÈRE 1985

Thérèse Aguillon regardait les vaches du voisinage et la pluie qui tombait, tout en écoutant une des compositions de Beethoven pour quatuor à cordes, à la radio. Elle avait remis une bûche dans le feu et trouvé une grosse écharpe à enrouler autour de son cou. Dans sa vieille ferme de la petite ville de Montbonnot, en Isère, à dix kilomètres de Grenoble, elle réfléchissait aux huit dernières heures passées.

Elle était psychiatre dans un cabinet à Grenoble, où elle recevait chaque jour une variété de personnes, des individus en tout genre, qui avaient besoin de quelqu'un pour les écouter, les aider à se frayer un chemin au travers des fils emmêlés de leur vie. Ses dossiers étaient difficiles. La plupart de ses patients sortant tout juste de l'hôpital psychiatrique du coin, ils étaient, par conséquent, très fragiles au quotidien, et, en recherche d'une solution qui les aiderait à éliminer les obstacles auxquels ils étaient confrontés. Thérèse était extrêmement douée pour cela. Ses patients lui disaient souvent qu'ils se sentaient entendus et compris. Plusieurs d'entre eux lui avaient dit que c'était la première fois que cela leur arrivait dans leur vie. En dépit de sa stricte façon de penser, Thérèse avait, en effet, un cœur immense qui s'était révélé, au fil des ans, exceptionnellement compatissant. Elle était passionnée par son travail, guidée par son désir intense d'aider les personnes en difficulté et de comprendre les aspects les plus profonds de l'humanité.

Elle comprenait la folie. Car, quand Thérèse était petite, sa mère avait commencé un long pas de deux [7] avec cette maladie, qui devait durer toute sa vie. Tout au long de sa jeunesse, sa mère avait passé son temps à entrer et sortir de l'hôpital, jusqu'au jour où elle s'était suicidée, alors que Thérèse avait vingt et un ans et était toujours accaparée par ses études de psychiatrie à l'Université de Grenoble. Après la mort de sa mère, Thérèse s'était empêtrée dans un profond chagrin.

Un puits sans fond menaçait de l'engloutir, la consumant. Un manque qui persisterait pendant des décennies et qui la tourmenterait continuellement dans tout ce qui aurait un rapport avec l'amour et l'attachement.

En cette nuit pluvieuse, elle avait, comme c'était souvent le cas, une chorale au complet dans sa tête : les paroles des patients du jour résonnaient dans son esprit. Leurs soliloques subtils l'avaient bercée au rythme des va-et-vient des essuie-glaces, une cadence rassurante qui la calmait sur le chemin du retour. Elle avait choisi de vivre à la campagne, au pied des Alpes.

En effet, elle avait découvert, après la mort de sa mère, que les montagnes lui donnaient un espace infini pour respirer et reconstituer son âme. Une fois sortie de la route principale de la ville, elle aimait manœuvrer sa voiture le long des routes départementales, jusqu'au sommet de sa propriété surplombant le massif de Belledonne. Sa voiture garée, elle devait gravir un petit chemin de terre pour arriver devant sa porte.

En entrant dans la maison, elle poussait toujours un soupir et respirait, inspirait l'odeur puissante de cette bâtisse centenaire qui

---

7   En français dans le texte

avait autrefois appartenu à une famille de bergers. À la mort du couple âgé, leurs enfants ne voulaient plus rien avoir à faire avec cette maison isolée ni avec les brebis. Ils avaient vendu l'ensemble à Thérèse qui sortait tout juste de l'école de médecine et avait désespérément besoin d'un chez-soi, une maison baignant dans le calme de la nature. Elle avait rapidement vendu les moutons, car elle savait qu'elle n'aurait pas le temps de s'occuper des animaux. Puis elle avait utilisé la somme obtenue pour réaliser des améliorations sur la ferme elle-même. Ses principales priorités étaient d'installer des toilettes et une douche à l'intérieur.

Pendant que la pluie s'abattait sur les vitres, ses yeux se fixèrent sur la brume grisâtre à l'extérieur. Les voix de ses patients s'étaient tues, ses pensées lui appartenaient de nouveau. Un *andante* passait à la radio et le son des deux violons, alto et violoncelle, faisaient retomber l'intensité de la journée. Elle imagina une salle de concert, une grande, et elle-même dans le public. Elle pensait aussi à sa mère, elle qui aurait voulu que sa fille aînée devienne musicienne ou bien sinon, luthier, quelqu'un qui créerait des violons et des violoncelles. Elle aurait souhaité que le premier enfant qui fût sorti de son ventre créée de la musique, un souhait inatteignable pour elle, en raison du milieu pauvre dont était issue sa famille. Thérèse n'avait cependant jamais senti qu'elle avait un don pour la musique et de toute façon, ses mains ne semblaient pas faites pour fabriquer des instruments. Ces constatations avaient grandement déçu sa mère. Toutefois Thérèse avait gardé en elle une fascination et un amour de la musique.

« Je ne comprends pas pourquoi tu ne peux pas jouer du violon, répétait souvent sa mère.

— Je n'ai pas les bonnes mains, Maman.

— C'est ridicule ! Que veux-tu dire ?

— Regarde-les. Elles sont minuscules. C'est comme si Dieu avait oublié qu'elles sont censées être proportionnées aux bras.

Elle essayait toujours d'en rire pour sortir de ces débats sans fin avec sa mère.

– Eh bien ! Alors, fabrique des violons ! La taille des mains n'a aucune importance dans ce métier.

Sa mère persistait, cherchant la faille là où l'humour n'avait plus de réponse.

– D'accord, alors, j'ai deux mains gauches. C'est tout.

Thérèse essayait, chaque fois, de sortir ou de changer de sujet, de faire autre chose afin d'apaiser sa mère.

– C'est un euphémisme pour une âme perdue. Tu es une âme perdue, Thérèse, une grande déception. Cela ne vaut pas la peine de vivre sachant que ma fille est un tel échec dans la vie. »

La conversation s'arrêtait généralement là.

Thérèse n'avait jamais su trouver les mots pour consoler sa mère, sans parler d'elle-même. Le silence retombait dans la maison jusqu'au soir, au moment où elle entendait souvent sa mère pleurer avant de s'endormir. Parfois, elle faisait de même dans son propre lit.

À la mort de sa mère, Thérèse commença à écouter de la musique avec passion. Elle pensait que cela lui permettrait de trouver un lieu où se connecter de manière infinie à l'âme de la femme qui lui avait donné la vie. Chaque soir, elle écoutait la radio. Les sons qui sortaient des haut-parleurs lui donnaient l'impression qu'elle était au milieu d'une salle de concert et que la musique était jouée juste pour elle.

En cette nuit humide, quelque chose en elle fut remué par la pluie et Beethoven. Elle se sentit la dépositaire de la magnificence dans une grande salle de concert en écoutant les meilleurs musiciens d'Europe : violons, altos, violoncelles et basses inondaient ses oreilles alors que la musique la transcendait et la transportait dans un monde supérieur.

Je dois aller à Paris.

La voix dans sa tête était impérieuse.

CHAPITRE 3

SAN FRANCISCO 1985

Marlene avait légèrement massé le dos de certains enfants pour qu'ils s'endorment rapidement. Les petits la réclamaient toujours pour la sieste. Intuitivement, elle savait comment aider chacun d'entre eux à détendre leur corps pour entrer dans le monde des rêves.

Ce jour-là, alors que ses mains massaient d'avant en arrière, son esprit était ailleurs, dans une conversation, en français, qu'elle avait eu deux jours plus tôt. Elle avait, par magie, assemblé avec succès les mots adéquats pour poser des questions au bed and breakfast parisien dont elle avait vu l'annonce dans le corridor des toilettes du Café Artemis.

Au téléphone, sa voix avait tremblé et son cerveau avait pataugé alors qu'elle essayait de mettre les mots en ordre pour obtenir les réponses à ses questions — ses cours de français au lycée et au collège étant clairement insuffisants. Pendant qu'elle parlait, elle avait senti le vertige la saisir.

Plus tard, alors que les enfants ronflaient doucement et que la pluie inondait les rues, qu'un violent vent d'hiver soufflait, accompagnant des bruits de pelleteuse, Marlene replongea dans ses pensées et ses choix : elle avait réservé un vol pour Paris dans un mois, lors de la fermeture de l'école pour les vacances d'hiver.

Elle regarda autour d'elle. Tous les enfants dormaient à poings fermés. Les bruits de sommeil et leurs respirations parsemaient la pièce. Son assistante entra et lui adressa un signe de tête, signalant à Marlène que le moment était venu pour elle de faire une pause. Elle sortit doucement du dortoir, mit son manteau et ses bottes puis s'aventura dehors dans la tempête, laissant les gouttes de pluie froides frapper impitoyablement son immense parapluie. Elle sauta par-dessus les flaques d'eau et s'avança, courbée, sur le trottoir, ignorant les expressions peu amènes des rares passants. Elle avait l'impression de détenir un secret au plus profond d'elle-même. Maintenant, elle avait une destination, un endroit où aller qui donnait du sens à toutes ses envies, quelque chose qui n'appartenait qu'à elle. Elle était enfin prête à devenir cette voyageuse, prête à s'échapper et à atterrir sur un coin du monde dont elle n'avait fait que rêver.

Marlene se sentait un peu perturbée par cette nouvelle énergie. C'était une personne calme et stoïque qui ne s'enflammait pas beaucoup, et son enthousiasme pour ce nouveau projet l'avait elle-même surprise. Pourtant, c'était bien elle qui l'avait initié.

Elle finit par aller au Café aux Îles[8], son préféré, à l'angle de Duboce Avenue et Noe Street, caché au fond d'une petite ruelle. Elle s'assit à sa table préférée près de la fenêtre, regarda la pluie et sirota son bol de café avec du lait. Elle se demanda s'il serait aussi savoureux à Paris. Sûrement mieux.

Je passerai chaque jour à boire du café au lait[9], à dénicher des nouveaux cafés, toutes les heures, dans lesquels je pourrai me faire plaisir.

Monta alors en elle une mini-symphonie, une rhapsodie de rêveries, son esprit voletant d'un désir à l'autre.

PARIS. Comment une ville peut-elle porter à ce point une telle

---

8   En français dans le texte
9   Idem

sensation de majesté, de transformation, de magie, entrelacés rien que dans son nom lui-même ? Regarde-moi, je suis déjà séduite, et je n'y suis même pas encore. Moi, idiote...

Après cette déclaration intérieure, elle consulta sa montre et réalisa qu'elle n'avait plus que cinq minutes pour retourner au travail alors qu'il lui en fallait normalement quinze.

Elle fonça dans les rues, riant, folle, la caféine ajoutant à son excitation, enveloppant les contours de la ville qu'elle allait bientôt quitter.

CHAPITRE 4

Thérèse sanglotait tandis que les voix angéliques des sopranos et des barytons se répondaient, dans l'acoustique exceptionnelle de l'Opéra Royal du château de Versailles qui magnifiait le génie de Beethoven dans son opéra *Fidelio*.

Elle fixait du regard les violoncelles et souhaitait plus que jamais avoir appris à en jouer. Elle était hypnotisée par les bras des musiciens. Ils semblaient étreindre les cordes, exprimant ainsi ce que seule l'âme peut : ces moments qui confinent au divin dans l'acte d'amour et de dévotion. Les larmes le long de ses joues coulaient jusqu'à ses genoux. Elle éprouvait du chagrin et une sorte de sentiment de résurrection. Comme si, témoignant de la grandeur des sons qui émanaient de tout l'orchestre et du chœur, les mélodies vibraient, apparemment pour elle seule, et, louaient un dieu, un être divin, transcendant les faiblesses et les illusions de l'existence humaine. Son corps ne bougeait pas, même ses yeux ne clignaient pas, alors qu'elle était assise sur le bord de sa chaise rembourrée, son billet de concert serré dans la main gauche, son programme dans la droite.

Le faste de cette salle de concert du XVIIIe siècle merveilleusement décorée, l'architecture élégante, pleine d'or, accentuaient l'éclat des tonalités qui se répandaient autour d'elle. Bien que la salle de concert fût pleine, Thérèse ne remarquait personne. Elle se laissait transporter par la musique. Elle était comme affamée.

11

Son cerveau semblait galoper tel un cheval débridé. Une fervente passion s'emparait d'elle en ce moment de plaisir voluptueux. À la fin de chaque passage, elle retombait au fond de son siège et soupirait.

Il n'y eut pas d'entracte, et quand l'opéra fut terminé, que le rideau cessa ses montées et ses descentes, que les applaudissements se calmèrent, Thérèse, essuyant son visage, tourna la tête vers la droite et remarqua qu'il y avait une femme à côté d'elle qui applaudissait encore, mais surtout, qui la regardait. Ses yeux sombres étaient perçants, se plissant de telle sorte que Thérèse sentit ses genoux faiblir sous ce regard rapide, d'à peine deux secondes, mais qui semblait avoir duré une vie entière. Elle remarqua qu'elle haletait et essaya de dissimuler cette réaction alors qu'elle continuait à applaudir. Mais elle se sentit comme une idiote, regarda rapidement le sol et rassembla ses pensées éparses. Ses mains cessèrent d'applaudir tandis qu'elle jetait ces mots :

– C'était une œuvre de génie, celle d'un magicien ! C'était comme une résurrection, une épiphanie...ahhh...tant de beauté. Elle évoque les dieux et un monde si pur.[10]

Thérèse balaya la salle de concert d'un regard, les sièges maintenant vides. Puis elle fixa la femme qui, jusque quelques minutes auparavant, lui avait été invisible. Des yeux, elle cherchait maintenant désespérément à établir une connexion. Son regard suivit la courbe de ses cheveux qui coulaient autour de ses épaules et vers son dos. Chaque part d'elle voulait embrasser cette femme. Plus elle la fixait, plus elle réalisait que c'était la femme qu'elle avait attendu pendant toutes ces années de solitude.

Marlene regarda Thérèse mais ne dit rien. Elle essayait de transmettre quelque chose, mais ses mots semblaient coincés dans sa gorge. Thérèse essaya encore :

---

10   En français dans le texte

– La musique...[11]

Ses mots s'étiolaient au moment où l'envie d'embrasser Marlene devenait plus pressante. Elle sentit un blanc prendre place dans l'espace où tout était silencieux. L'auditorium était maintenant vide et l'huissier, qui venait de les découvrir, vint dans leur box et leur demanda de quitter immédiatement la salle.

* * *

Marlene ne comprenait pas un traître mot de ce que disait Thérèse. Avant l'arrivée de l'huissier, elle avait senti une vague de chaleur dans son cou. Lorsqu'elle regarda Thérèse dans les yeux, en premier lieu, des sensations dont elle n'avait jamais fait l'expérience l'envahirent, une sorte de désir palpable. La main de Thérèse était proche de la sienne. Elle regarda vers le sol et faillit y poser la sienne.

Puis une voix envahit son cerveau, celle de sa propre mère. *Tu ne trouveras jamais quelqu'un à aimer, Marlene....* Elle déglutit. Et elle essaya de repousser la voix. Elle commençait à transpirer abondamment alors que l'image de sa mère décédée l'envahissait, la femme qui avait fait de son unique fille le bouc émissaire de ses propres tragédies. Elle sentit sa force diminuer. Un nuage passa sur son corps et son esprit, et, tout ce qu'elle réussit à faire, fut de serrer son manteau dans ses bras. Elle leva les yeux vers Thérèse et parvint à produire un pauvre sourire en s'éloignant.

Son engourdissement la suivit comme un fantôme mutilé jusqu'à la gare y compris quand elle monta dans le train qui la ramenait à son bed and breakfast lesbien.

* * *

Thérèse suivit discrètement le même chemin et monta dans le même train, plusieurs voitures plus loin.

---

11 Idem

13

Elle désirait s'asseoir à côté de Marlene, celle qui l'avait intérieurement bouleversée. Un désespoir l'envahit pendant qu'elle réfléchissait à la façon de la retrouver dans le train. Elle hésita, pensant que cette femme qui était assise à côté d'elle pendant tout le concert n'était pas intéressée par une conversation.

Pourquoi s'était-elle levée et était-elle partie après ce regard perçant ? Elle trouvait le visage de Marlene intrigant. Elle imaginait en suivre les lignes du bout de ses doigts.

Parlait-elle une autre langue ? Peut-être que ce regard était un moment fugace dans sa vie, quelque chose à fuir.

Elle pensa à ses lèvres ourlées et mouvantes comme la danse d'une déesse sur le sommet d'une montagne, un endroit qu'elle aurait désiré explorer. Une expression maussade sur le visage, Thérèse s'enfonça dans son siège et fixa le noir de la nuit.

Elle essaya de détourner ses pensées de Marlène et de les ramener vers le concert, son esprit encore gorgé de l'opéra. C'était ce à quoi elle aspirait : de la musique, des voix, et des instruments perçant les profondeurs de son être, remplissant les espaces creux de son âme trop longtemps restée vide. C'est ce que sa mère avait voulu pour elle, elle s'en rendit compte, alors qu'elle sentait les larmes monter. Thérèse voulait pouvoir transcender la vie et sa noirceur par la musique. Elle voulait créer quelque chose de beau à partir de son cerveau primitif. Thérèse réalisa aussi que, pendant la majeure partie du concert, elle avait fixé la section des violoncellistes, adorant la façon dont les bras des musiciens embrassaient les instruments. *Aaah ! Être totalement unie au violoncelle, ce serait un rêve devenu réalité !* Elle ferma les yeux, laissant les notes flotter au milieu de son esprit songeur.

Comme le train filait, se précipitant de la campagne vers la banlieue parisienne, le sommeil la réclama, laissant les rêves conscients et inconscients se mêler dans un réseau translucide de beauté qui l'entoura.

CHAPITRE 5

Marlene s'allongea dans son petit lit et ferma les yeux, mais le sommeil lui échappait. Des images de Thérèse la tourmentaient. Avec son petit corps squelettique, elle n'était pas particulièrement belle, mais il y avait dans ses yeux quelque chose qui l'attirait. C'était comme si elle voyait les gens, entendait leurs désirs, et d'un coup d'œil les comprenait. Marlene voulait revenir en arrière et tout recommencer à zéro. Elle aurait désespérément voulu avoir répondu à cette femme, lui avoir tenu la main, avoir laissé la chaleur troublante et dévorante l'envahir. Elle maudissait son ignorance du français. Quand Thérèse parlait, cela sonnait si beau, c'était rythmé comme un poème. Marlene se demanda ce que la Française lui avait dit. Elle se demanda ce que serait la sensation de tenir sa main. Elle se demanda à quoi ressembleraient les lèvres de Thérèse sur les siennes.

Elle maudit sa mère. Elle maudit sa propre vie. Elle en pleura pendant ce qui lui sembla être des heures. Quelque part au milieu de ses larmes, le sommeil la terrassa.

* * *

Marlene regarda l'horloge. Il était déjà midi, elle avait dormi la moitié de la journée. À un moment, assez tôt le matin, elle s'était réveillée en entendant des voix qui chuchotaient dans la chambre. Elle n'avait entendu que de l'anglais, de l'anglais américain. Le son

15

de sa langue maternelle l'agaçait, elle voulait fuir son propre accent, et tous ceux qui parlaient comme elle. Elle était surprise que, dans ce bed and breakfast, toutes les femmes soient américaines. Elle comprit que nombre d'entre elles n'étaient même pas lesbiennes en les entendant discuter sur des Français qu'elles avaient rencontrés et avec qui elles voulaient coucher. Elle se rendormit de ce sommeil lourd du décalage horaire.

Le lieu était calme et vide quand finalement elle sortit du lit et entendit la cloche d'une église sonner deux fois au loin. Elle se fit une tartine [12], se versa un bol de café fumant, auquel elle ajouta une bonne dose de lait. Tandis que la confiture maison, le beurre et le café glissaient moelleusement dans sa gorge, elle regarda le ciel grisâtre par la fenêtre. Le temps était à la pluie cet après-midi-là à Paris. Elle se dit que c'était une journée parfaite pour visiter des expositions, s'immerger dans des peintures et des sculptures, absorber tout ce qui était tellement français et en faire couler l'essence dans ses veines.

Alors qu'elle regardait le ciel obscurci, elle pensa à Thérèse, à la musique, à la salle de concert, à Versailles. Elle laissa ces images fondre devant ses yeux et disparaître dans un trou sans fond. Elle était arrivée à Paris la veille. Immédiatement elle avait senti qu'elle était dépassée par l'explosion de tous ses sens. Elle savait qu'elle vivait une sorte de renaissance de quelque chose en elle, qui la secouait, qui enflammait une part d'elle qu'elle ne soupçonnait pas. Elle avait la sensation de vouloir déguster Paris, elle voulait écouter ses bruits, se délasser dans un pur émerveillement, dans sa beauté délibérée, dans son histoire. Être à Paris, décida-t-elle, c'était comme être dans un rêve où elle pouvait tout toucher, tout sentir, et laisser l'esthétique de la ville l'habiller.

Ce premier jour, la sonorité de la langue française avait scintillé

---

12   En français dans le texte

tout autour d'elle alors qu'elle était assise dans les cafés et écoutait les gens discuter. La musicalité ascendante et descendante du langage la rendit euphorique.

Elle en voulait plus. Dans l'un des premiers cafés qu'elle avait découvert, elle avait vu une affiche pour un concert le soir même à Versailles. Plus tard ce jour-là, elle avait trouvé un kiosque d'information touristique et demandé à la dame derrière le comptoir comment s'y rendre. Dans l'heure, elle était dans le train. Elle s'était promenée dans les jardins et avait imaginé l'incroyable reine Marie-Antoinette, mais aussi ses excès et la fantaisie sans fin de ses caprices. Le château lui-même était un lieu dégoulinant de dorures débordantes. Quand enfin elle s'était assise sur son siège dans la salle de concert immaculée, elle avait regardé autour d'elle avec encore plus d'avidité. Elle voulait de la musique pour la nourrir, pour emporter son esprit dans un lieu de beauté intemporelle, dans un lexique musical qui défierait son propre cerveau. Elle ne connaissait pas grand-chose à la musique classique. Beethoven, pour elle, était un homme devenu sourd qui avait écrit de la musique. À ce moment-là, elle ne savait rien de son œuvre.

Le concert avait commencé et les premières notes s'étaient envolées. Elles faisaient écho à son désir de beauté. Lorsque les violons et les violoncelles avaient vibré ensemble, tranquillement, puis avec plus de force, Marlene avait expérimenté un mariage de notes correspondant à ce qu'elle imaginait être faire l'amour dans un monde musical. Elle pouvait difficilement exprimer ce qu'elle avait ressenti, même en anglais, il lui semblait que c'était une expérience qui allait bien au-delà du langage parlé.

Comme ses pensées revenaient, que la pluie tombait plus fort sur le trottoir devant son logement, son esprit se focalisa sur une dernière image : Thérèse. Sa voix était si passionnée, sa prononciation si mélodieuse et sensuelle, toute à sa joie de célébrer les belles choses. Elle ferait n'importe quoi pour être sûre de la revoir, rassembler assez de courage pour dire quelque chose, même un seul mot comme « merci[13] » suffirait. Elle pria intérieurement pour que lui soit à nouveau offert une chance de relation avec quelqu'un qui avait fait de Paris son amour, comme elle-même avait commencé à le faire.

Plus tard, quand elle était montée dans le train, tout était devenu flou. Elle avait fermé les yeux et, quand elle les avait rouverts, elle était à la gare Montparnasse. Elle s'était glissée dans les méandres de la station de métro pour prendre le prochain train. Il était minuit et des musiciens jouaient encore quand elle était montée dans celui qui arrivait. Elle était descendue à la station Bir-Hakeim [14] et avait décidé de marcher jusqu'à son quartier plutôt que de changer pour aller jusqu'à la Muette[15], arrêt le plus proche de sa chambre.

C'était une belle nuit, frémissante avec le vent d'hiver, un ciel sans nuage. Les lumières de la tour Eiffel illuminaient la ville. Marlene se tenait silencieusement sous un lampadaire. Elle se sentait apaisée par cette dame de fer et de dentelle qui éclairait cette ville de magie et de splendeur. Elle avait soupiré. Elle avait imaginé Thérèse l'enlaçant.

Je ne l'oublierai jamais. Elle deviendra emblématique de mon histoire d'amour avec tout ce qui est Paris.

---

13   En français dans le texte
14   En français dans le texte
15   Idem

CHAPITRE 6

Thérèse traversait farouchement le quartier du Marais[16], les pavés glissaient, ronds et lisses sous ses pieds. Il était autour de minuit, mais elle se fichait de l'heure. Son café préféré, La Muse[17], était ouvert. Elle s'assit et commanda un verre de vin. Attablée seule près de la fenêtre, elle admirait le spectacle d'une rue calme. Pourtant, dans cette ville qui l'enveloppait, il y avait toujours du bruit. Paris ne dormait jamais et Thérèse adorait cela. Quand elle partait en vadrouille, elle appréciait rester dans l'appartement parisien de son amie absente. Durant ses visites occasionnelles, elle dormait peu car elle en profitait pour balancer par-dessus bord sa vie bien organisée. Aujourd'hui, même à Paris, sa vie était faite de solitude. Parfois, elle se demandait si cette habitude allait changer un jour. Être seule était devenu si confortable pour elle. Elle sirota son vin et fit tourbillonner le liquide acide autour de sa langue. Elle pensa à Marlene. Dans les moments de tranquillité, elle se demandait ce que ce serait d'avoir quelqu'un à aimer. Quand elle laissait ce genre de sentiments remonter à la surface, elle réalisait qu'elle en mourait d'envie.

Elle passa en revue les événements de la journée et atterrit à nouveau sur la douceur du visage de Marlene, ses yeux sombres et

---

16   En français dans le texte

17   Idem

perçants. Elle se rappelait comment son propre corps s'était soudain ramolli. Le vin glissait dans sa gorge. Elle vit son reflet dans le miroir du bar comme si elle se tenait nue et haletante dans ce café. Elle entrevit sa propre solitude et soupira. Elle jeta un coup d'œil dans la pièce et fixa la porte d'entrée, espérant l'arrivée de Marlene au moment précis où elle regardait. Elle imagina leurs regards soudés, leur amitié scellée à vie.

Un couple entra, main dans la main. Ils riaient. Ils étaient, de toute évidence, amoureux. Cela mit le doigt sur la solitude de Thérèse qui commanda un autre verre.

Elle tourna la tête vers le mur en face d'elle, où une affiche attira son attention.

« Nous, ici, dans le Marais, nous nous connectons durablement les uns aux autres pour nous soutenir et nous entraider de toutes les manières possibles. La guerre la plus abjecte de notre époque a pris fin il y a plus de quarante ans. C'est maintenant que nous pouvons mettre en place les moyens nécessaires pour retrouver les instruments de musique qui furent impitoyablement arrachés à nos familles avant qu'elles ne soient parquées dans des wagons à bestiaux et envoyées dans les camps de concentration. Beaucoup d'entre vous ont entendu parler du tristement célèbre ERR - Einsatzstab Reichleiter Rosenberg - un groupe dédié, auto-nommé le Sonderstab Musik – commando musique –qui fut envoyé en France au début des années 1940 pour récupérer tous les instruments de musique qu'ils pouvaient trouver, appartenant à ceux qui tombaient sous le coup des lois antisémites. La plupart des instruments qu'ils ont pris ont complètement disparu, beaucoup ont été envoyés en Allemagne, détruits dans le Blitz ou brulé dans les camps.

Notre recherche porte particulièrement sur les violons et les violoncelles pillés, car certains avaient une grande valeur monétaire. Mais d'autres étaient simplement chéris parce qu'ils étaient des objets de famille à forte valeur sentimentale.

Notre but est de les récupérer et de les rendre aux familles qui en sont

Thérèse lut et relut l'affiche encore et encore. Elle pleura. Elle copia le numéro, quitta le café, et traversa dans le silence les rues du quartier du Marais. Tout semblait différent maintenant, ces rues où des milliers de juifs furent chassés, leurs gémissements étouffés, pendant la Rafle, dans la nuit du 16 au 17 juillet 1942, alors qu'ils étaient arrêtés par la police de Vichy et enfermés au Vélodrome d'Hiver, à deux pas du pont Bir-Hakeim surplombant la tour Eiffel.

Pendant une grande partie de sa vie, Thérèse s'était entichée de la ville, attirée par une étreinte légère, séduisante. En l'espace de cinq minutes, après avoir lu l'affiche, elle sentit une partie d'elle-même se lancer dans une autre sorte d'amour, de celui qui nourrit les autres, qui se niche dans les plis précieux et infinis de l'espace du cœur.

Une pensée traversa son cerveau venant de cette partie du cortex cérébral où se trouvent les vieilles blessures enfouies : la musique était sa vocation. C'était le vœu de sa mère que la musique soit sa vocation. Et même avant cela, sa mère elle-même rêvait d'être une musicienne. Thérèse marchait droite dans la rue de Turenne[18], ses pas raffermis, son cœur en butte à l'amour de son pays et au dégoût sur la façon dont ce dernier avait traité les juifs à une époque où tout le monde avait besoin d'amour. Elle entendait dans sa tête les violons et violoncelles qui avaient joué ce soir-là à Versailles. Elle les imaginait joués par des mains mutilées pendant

---

18   En français dans le texte

que leurs corps tombaient, brûlés par les chambres à gaz.

Elle voulait crier, là, après minuit, dans les rues aujourd'hui paisibles.

Au lieu de cela, elle s'assit sur le lit dans l'appartement de son amie, saisit le morceau de papier avec le numéro de téléphone de M. Bernovitch, qu'elle appellerait le lendemain matin sans faute.

CHAPITRE 7

Marlene était assise dans le métro, direction le musée d'Orsay. Elle regardait autour d'elle. Sur le siège en face se trouvait une jeune mère tenant un bébé tout juste endormi. La mère avait la peau claire, celle du nourrisson était beaucoup plus foncée. Marlene savait que dévisager était grossier mais elle ne pouvait lever son regard de cette scène, de l'adoration de cette femme envers le petit être qu'elle tenait si tendrement dans ses bras. Chaque jour à son travail, Marlene avait été témoin de ce lien, de cet attachement entre une mère et son bébé. Elle se demandait souvent ce que cette sensation faisait.

Alors que le train traversait les entrailles de Paris, ce royaume souverain de l'underground, les réminiscences de ce que Marlene avait vu dans sa vie s'étaient altérées. Quelque chose qui était autrefois banal s'était transformé lors de son escapade parisienne. Comme Proust trempant sa fameuse madeleine dans une tasse de thé fumant, lui révélant l'extraordinaire essence du souvenir, Marlene s'était sentie frémir. Elle savait que rien ne serait jamais plus comme avant dans sa vie.

« Je portais à mes lèvres une cuillerée du thé où j'avais laissé s'amollir un morceau de madeleine. Mais à l'instant même où la gorgée mêlée des miettes du gâteau toucha mon palais, je tressaillis, attentif à ce qui se passait d'extraordinaire en moi. »[19]

---

19   Marcel Proust. *A la recherche du temps perdu*. Paris. 1913-1927

Elle perçut que quelque chose s'était déplacé dans son cœur. Des larmes ruisselaient sur son visage alors qu'elle quittait le métro et remontait à la surface dans les rues de Paris, où une pluie douce bruinait. Elle n'était pas prête à entrer dans le musée et partit par le jardin des Tuileries. Pendant un moment, elle crut y être totalement seule. Elle sentit le froid et la pluie lui glacer les joues, ses cheveux devenant une masse scintillante et humide de boucles, tandis qu'elle se tenait là, entourée d'arbres endormis, concentrés sur leur régénérescence future, nus de leur feuillage dans leurs manteaux d'hiver. Elle imagina ces jardins en pleine floraison, et, bien qu'elle sût aussi peu d'histoire de l'art qu'elle connaissait de musique, ce qui parlerait à son âme, plus tard dans l'après-midi, serait ce tableau d'Edouard Manet, *La Musique aux Tuileries*. Avant de le voir au musée, en prêt de la National Gallery de Londres, elle avait eu cette vision en tête : celle d'une fête, une grande fête dans un jardin, débordante de cette existence d'une autre époque. Elle s'y était vue, un bébé dans les bras, oui, un nourrisson, son enfant, et elle avait imaginé les sourires réciproques sur leurs visages, le sien et celui de sa fille.

Ce fût à ce moment-là, face à un soleil imaginaire et un printemps futur plein de vie renaissante, au creux de l'hiver parisien et de l'hibernation de la nature, que Marlene sût.

Le jour où je retournerai aux États-Unis, je commencerai un processus d'adoption, celui d'une enfant, une fille.

Ruisselante, mais enthousiasmée par cette idée, elle entra dans le musée. Alors que les chefs-d'œuvre impressionnistes l'entouraient, un seul thème l'attira : les mères et leurs filles. Elle découvrit les peintres Mary Cassatt et Berthe Morisot, se posa et soupira de bonheur devant leurs œuvres. Elle ressentit leur rayonnement mais surtout, au fond de son ventre quelque chose qui criait et entrait en résonnance avec ces créations. Dans chacun de ces tableaux, il y avait l'amour, la dévotion, l'instinct maternel, transformés en compositions remplies de lumière, de la douceur d'un regard, le lien indicible de quelque chose qui allait bien au-delà de la relation entre deux êtres.

Marlene regarda ces peintures pendant des heures, faisant des allers-retours, porteuse de ce quelque chose de grand qui venait de lui arriver. Elle se sentait semblable à une plante s'épanouissant, un bourgeon poussant les masses durcies d'un moi dirigé par l'ego pour atteindre le lieu du sublime, la transmutation de ce qu'elle connaissait d'elle-même vers une autre, d'essence plus altruiste. Elle s'imprégna de certaines représentations des mères et leurs enfants d'Auguste Renoir, qu'elle trouva comme figées, déconnectées entre elles. Elle retourna se nourrir des deux peintures de Cassatt et Morisot, comme elle le ferait à l'avenir en pensée. Dans l'image de la tendresse qu'elle y avait trouvée, la part d'elle qui aspirait à une telle expérience s'en trouva inspirée, elle était prête pour un tel événement dans sa vie.

En quittant le musée, la pluie avait cessé et un soleil pâle perçait. Un regain de passion l'habitait, une envie de plus, son sang pulsait davantage, ses pas étaient soutenus par une essence vitale. Elle sentit son cœur battre avec l'envie de nourrir la vie d'un être qui, à ce moment précis, était sur le point d'être conçu. Elle imagina que, quelque part dans le monde, dans un lit dont elle ne saurait jamais rien, une vie qu'elle devrait connaitre, commençait. Cette pensée nichée au creux de son être rendit ses pas légers et la porta de quartier en quartier. Paris concrétisait l'émergence de son nouveau moi.

Alors qu'elle levait les yeux et regardait alentour, tout s'harmonisait avec grâce. Elle réalisa que Paris était son amour parce qu'elle en avait décidé ainsi, parce que les particules infinies qui la constituaient résonnaient au plus profond d'elle avec cette ville, son identité, maintenant et éternellement. Elle n'avait jamais vécu cette sensation auparavant et ne la revivrait jamais ailleurs.

Elle arriva rue de Turenne, au cœur du Marais, et s'assit au café La Muse[20]. La voix d'Édith Piaf chantant La *Vie en Rose*[21] emplissait l'air. Elle sirota un verre de vin et en laissa le goût envelopper sa langue.

Elle réalisa que grandir et se découvrir véritablement passait souvent par quitter la maison familiale et trouver une place dans le monde qui résonne en soi.

Elle termina son verre de vin et se promena d'une humeur joyeuse dans le Marais jusqu'à la station Saint-Paul. Elle n'avait pas encore décidé où elle allait. Quand le métro s'arrêta à Châtelet, instinctivement elle en sortit, traversa la Seine, et marcha, sentant l'air frais réveiller son visage. En arrivant à Notre-Dame, elle s'émerveilla devant les gargouilles qui surgissaient de chaque coin extérieur de la cathédrale iconique. Elle se prit à sourire alors qu'elle se remémorait un poème lu dans un magazine. Elle avait gardé ces mots dans sa mémoire depuis une douzaine d'années : « *Tant que des gargouilles encadreront chacun de vos pas, vous marcherez toujours seul dans ce monde.* »

Peut-être que maintenant, enfin, je ne marcherai plus seule dans ce monde, et peut-être que maintenant, il n'y a même plus de gargouilles.

---

20   En français dans le texte
21   Idem

2ÈME PARTIE

Les Enfants

Thérèse s'assit dans le train et regarda par la fenêtre. Elle observait la campagne défiler comme si elle la voyait à travers une caméra à mouvement rapide. Il y avait des champs vides, assoupis dans leur hibernation, tandis que des nuages sombres imprégnaient le ciel. Des nuances de vert et de gris accentuaient le calme de la saison. Bercée, dans un état translucide, elle ferma les yeux, laissant les jours précédents remonter et se fondre dans un mélange diffus d'expériences, de souvenirs et d'événements impactant sa conception de la vie.

Ce matin-là, elle était allée à un rendez-vous Place des Vosges[22].

Elle avait regardé M. Bernovitch droit dans les yeux pendant qu'il parlait. Des larmes avaient coulé doucement sur son visage.

« Toute ma famille est morte dans les chambres à gaz. Je suis le seul à avoir réussi à survivre à ces atrocités. Je viens d'une lignée de musiciens, tous joueurs d'instruments à cordes, et mes premiers souvenirs tournent autour de la musique. Il y avait toujours de la musique à la maison, des *partitas*, des concertos, et des duos que mes parents jouaient alors que je déambulais en couches-culottes dans l'appartement. Ce qu'ils m'ont appris, c'est que la musique transcende le mal, sauf quand cela n'est plus possible. Tous les instruments de la famille ont été laissés derrière nous quand les

---

22   En français dans le texte

nazis nous ont emmenés au Vélodrome, première étape de la route vers Auschwitz.

Il se tut alors, fixant la mézouzah accrochée sur l'encadrement de la porte du café.

— D'une certaine façon, j'ai survécu. Ces moments atroces sont devenus une part de mon passé. Ensuite, je suis revenu provisoirement à Paris. J'ai été placé dans un orphelinat, et dans mes rêves, je cherchais tous ces instruments de musique que mes parents avaient cachés sous leur lit. Se rejouait sans cesse le coup frappé sur la porte, un son qui résonnerait toujours comme un rugissement dans mes petites oreilles d'enfant.

Il s'arrêta, regarda la pluie dehors.

— Finalement, j'ai quitté l'orphelinat et j'ai été adopté par une famille. Mais ces rêves ont persisté. Ils ont continué pendant mon adolescence, pendant ma vie de jeune adulte, pendant que j'étudiais pour mon diplôme en musique à la Sorbonne, pendant que j'obtenais le poste de chef de section, de premier violoncelliste de l'Orchestre National de France…

Enfin, un jour, en pleine répétition, à un moment de ma vie où ces rêves avaient pris une place disproportionnée, j'ai finalement compris ce qu'il fallait que je fasse. Alors que je m'acharnais à répéter un morceau, en écoutant les violoncellistes d'une oreille, de l'autre, j'ai entendu mes parents, leurs notes mélancoliques. Ces sons se sont figés dans un coin de mon esprit, et l'idée de *l'Association de la musique pillée* est née.

Madame Aguillon, qu'est-ce qui vous intéresse dans ce projet ? demanda-il quand il eut fini son histoire. Votre nom n'est pas d'origine juive.

— Exact, je ne suis pas juive.

Elle regarda au loin pendant une seconde et rassembla ses pensées.

— Quelque chose m'a parlé quand j'ai vu votre affiche hier soir.

Je ne peux pas le décrire exactement. Quelque chose de profondément enraciné en moi m'a appelée. Était-ce le reliquat du souhait de ma défunte mère que je devienne musicienne ? J'ai réalisé que cela allait au-delà. Est-ce que c'était un appel me disant de faire ce que je pourrai pour réparer les actes ignobles commis par le gouvernement de Vichy et les nazis ? Était-ce juste une part de moi voulant aider les autres, voulant donner du sens à un monde si souvent absurde ?

J'aime mon pays. Je déteste quand certains sont exclus, maltraités, tués, éloignés de ce qui est si vital pour eux. La France est un pays de tolérance, d'acceptation, une démocratie indivisible. Que pouvons-nous faire, nous, citoyens français, pour réconcilier, rendre justice, ramener la musique qui est la forme d'art la plus pure sur cette planète ?

Quand j'ai entendu votre histoire, je me suis sentie encore plus poussée dans cette direction, comme une mère vers son propre enfant, vivant ce lien puissant, vers la rédemption, ce baume de guérison dans un monde brisé. J'ai su que j'avais besoin de passer une partie de ma vie à la recherche de ces instruments, pour les aider à retourner à leurs propriétaires légitimes.

Thérèse s'arrêta, elle tremblait tellement que M. Bernovitch lui tint la main et pleura avec elle.

— Je pense à la Symphonie n°3 de Brahms. Vous connaissez ce morceau ? demanda-t-il les yeux remplis de tendresse.

— Oui, très bien.

Elle s'assit silencieusement et évoqua le second mouvement. Dans sa tête, les vents et les cordes conversaient sur des tonalités déchirantes.

— Ce morceau exprime ce dont nous parlons.

— Avez-vous le deuxième mouvement, l'andante, en tête ?

— Parfaitement. Le cor anglais appelle à la paix vers la fin. L'échange amoureux entre les cordes et les vents et le thème des violoncelles, repris par le reste de l'orchestre, envoie des frissons jusque dans la colonne vertébrale. Cela me montre mentalement chacun de ces instruments… Nous devons absolument les trouver !

— Et à la toute fin, le cor recrée l'harmonie ! dit-il avec ferveur. Tous les instruments de l'orchestre répètent le thème. C'est un plaidoyer collectif pour cette conclusion : la rédemption, ainsi que vous le dites, si cela est possible, mais c'est aussi le plaidoyer pour l'unité, pour l'amour sur cette planète, pour la beauté de la musique.

Ils se tenaient la main, un juif et un goy, comprenant qu'à travers la musique, la guérison arrive d'une certaine façon.

— J'aimerais beaucoup avoir votre aide, madame Aguillon. Nous parlerons des détails la semaine prochaine par téléphone.

En dépit de la douleur de sa vie, son regard scintillait et pendant qu'il lui serrait la main pour lui dire au revoir, elle le regarda dans les yeux, elle vit et sentit l'urgence de cette rencontre, de ce projet, pour la musique.

— Et s'il vous plaît, dit-il, appelez-moi Jacob. »

CHAPITRE 9

Marlene s'accroupit près d'un enfant endormi et regarda dans le dortoir alentour les autres qui s'agitaient, attendant une petite caresse dans le dos. Elle se leva et chuchota à celui le plus proche d'elle qu'il était temps, pour se reposer, de commencer à se calmer. Elle posa doucement sa main sur le dos menu d'une petite fille de trois ans et apaisa ce petit corps tendu.

La voix de la chanteuse Enya se fit entendre dans la salle, alors que Marlene était repartie en pensée à Paris. Elle avait l'impression d'être encore là-bas, connectée à quelque chose d'incomparable en elle, un élan vers son for intérieur.

« Alors... chère petite voyageuse, raconte-nous tout sur Paris ! lui dit, le jour de son retour dans la salle des professeurs, Juanita sa collègue et professeure préférée.

– Merveilleux !

– C'est tout ce que tu as à dire ? As-tu trouvé quelqu'uuuuuuuu-uun ? »

Juanita avait un sourire malicieux.

– J'ai mangé des tonnes de croissants[23], bu des litres de café au lait[24], visité des centaines d'expositions et de musées, écouté des heures de belle musique...

---

23   En français dans le texte

24   Idem

– Oh ! C'est formidable ! Mais alors, c'est quoi ce petit truc qui illumine ton visage ? Tu es tombée amoureuse, ma chérie ?

– Hum hum… un petit peu… ? Mais j'y travaille encore.

– Pas assez alors. N'oublie pas, les secrets se gardent ici, dit Juanita en désignant son cœur, tout en mimant ses lèvres scellées.

Marlene regarda autour d'elle afin de s'assurer que personne n'écoutait.

Puis, dans un murmure, elle raconta à sa collègue son histoire d'amour avec Paris, sa rencontre avec Thérèse, son désir de devenir mère et comment elle avait regardé, pendant une heure, le tableau « *Le Berceau* » de Berthe Morisot.

– Oh mon dieu, ma chérie, c'est merveilleux !

– Oui j'ai pris cette décision...

– C'est bien pour toi, ma douce.

La pause de Marlene était terminée, elle devait aider les enfants à se réveiller de leur sieste.

– Tu m'en diras plus, plus tard ?

– Bien sûr ! »

Marlene quitta la pièce avec un sourire aux lèvres. Ce qu'elle ne lui avait pas dit c'est qu'elle avait déjà trouvé le numéro de téléphone de l'agence centrale de l'adoption à San Francisco, et s'était entretenue avec une des conseillères plus tôt dans la semaine.

« Ce sont des informations confidentielles, Marlene, lui avait-elle dit en fermant discrètement la porte de son bureau.

Elle avait regardé sérieusement Marlene, qui venait de lui décrire sa décision d'adopter un enfant venant d'un autre pays, de préférence une fille.

– Nous avons eu connaissance de certaines informations scandaleuses, qui n'ont pas encore été portées à l'attention du public, avait-t-elle poursuivi d'un ton grave.

En Roumanie, la situation est dramatique. Les préludes de la chute de la dictature communiste de Ceausescu ont révélé une corruption extrême. Partout dans les rues, les autorités trouvent des enfants que les parents ont abandonnés. Ils sont envoyés dans des orphelinats où ils subissent d'horribles abus. Beaucoup d'entre eux présentent des handicaps physiques et psychologiques profonds, des difformités aussi, dues à un système de santé en décrépitude. Je crois que cela va être le début d'adoptions massives, et je prédis que beaucoup de riches Américains et Européens seront la cible d'escroquerie. Ces enfants nécessiteront très probablement des suivis médicaux coûteux pour lesquels le gouvernement roumain ne paiera pas.

La conseillère eut l'air encore plus grave.

– J'ai des relations et des informations, Marlene. »

Marlene déglutit. La peur la prenait. Pourtant, en deçà, elle sentait sa volonté d'agir, et de laisser la conseillère être sa guide. Elle voulait désespérément trouver le chemin vers sa fille, celle qui l'attendait, celle qui avait le plus besoin d'elle.

CHAPITRE 10

Thérèse tenait le téléphone dans sa main et le berçait comme un trésor. Après avoir parlé avec Jacob, elle regardait maintenant la neige qui tombait doucement dehors, dentelle blanche qui décorait les coteaux et embellissait la terre. Elle attrapa son manteau et ses clés, puis poussa une cassette des partitas de Bach dans le lecteur de sa voiture. Elle se dirigea lentement hors de son allée enneigée vers la route principale, direction Grenoble.

Ce samedi, il n'y avait personne sur cette route qui, normalement, aurait dû être grouillante de voitures filant vers le centre-ville. Son esprit était concentré sur la conversation téléphonique, ces mots, tout juste imprimés dans son esprit et qui la propulsaient vers la prochaine étape de sa vie.

« Cela demandera un peu de travail d'investigation, madame, et un appétit pour la découverte. Avez-vous cela en vous ? » lui avait-il demandé.

Thérèse avait souri à cette question. En tant que psychiatre, tous les jours, elle était aussi détective. Il était rare que ses patients lui expliquent leurs idées et les lui remettent sur un plateau d'argent. Elle exerçait l'art prudent de l'enquête, ayant appris à s'appuyer sur les indices subtils de l'existence humaine. Au fil des ans, elle avait perfectionné sa capacité à poser les questions pertinentes, à écouter en observant les réponses. Elle était aussi devenue « professeure de lucidité », laissant ses patients devenir

36

passionnés par leur propre découverte d'eux-mêmes, ce qui leur permettait de guérir de toutes les blessures qui avaient impacté le cours de leur vie.

— Je suis devenue la reine de l'enquête, répondit Thérèse, en riant. C'est pour moi un immense plaisir de révéler des choses enfouies, de chercher des aiguilles dans des bottes de foin.

— C'est exactement cela.

Jacob s'amusait lui aussi, plein de rires rentrés.

— Vous m'inspirez, madame.

Il voulut en savoir un peu plus.

— Alors, de quelle région êtes-vous ? De l'Isère ?

— Oui de l'Isère.

— Bon, prenons quelque chose de local pour vous, pour commencer en douceur dans ce travail ?

— Merveilleux ! Qu'avez-vous en tête ?

— Eh bien, j'ai récemment reçu un appel téléphonique d'un dépôt-vente à Grenoble qui vient de recevoir un violon qu'un homme a déposé anonymement après y être entré. Il a dit que sa mère l'avait acheté juste après la guerre, et qu'il n'en avait aucune utilité. Pourriez-vous vérifier cela aujourd'hui, avant qu'il ne disparaisse, s'il vous plait ? Payez ce qu'il faudra pour l'avoir. Nous vous rembourserons toutes vos dépenses.

Le schéma fonctionne ainsi : nous achetons d'innombrables instruments dans les magasins d'occasions et les dépôts-ventes, et si nous constatons que l'un d'eux n'appartient à personne qui le cherche, nous le revendons aux enchères. Nous avons un expert, ici à Paris, qui examine et évalue chaque instrument acheté. Je suis en relation avec des magasins un peu partout, ils savent que mon organisation leur paiera un bon prix. En outre, nous devons travailler rapidement, car, en général, les commerçants ne gardent pas les instruments plus de vingt-quatre heures. Ils ont souvent l'impression de nous rendre service. Pensez-vous que vous pourriez y passer aujourd'hui ?

Thérèse regarda la neige qui tombait régulièrement.

— Absolument, répondit-elle. Je prends la route tout de suite.

— Parfait. Appelez-moi quand vous l'aurez entre les mains et vous me le décrirez ! Je serai au bureau jusqu'à 19 heures. »

Thérèse tenait toujours le téléphone et écouta le clic de déconnection. Son cœur battait à peu près aussi fort que le vent hurlant de la tempête à venir.

CHAPITRE 11

Dans le bus, sur le trajet du retour, les propos de la conseillère en adoption retentissaient dans l'esprit de Marlene comme les cloches des églises en France le dimanche.

« Vous ne devez en parler à personne. Du moins pas avant que nous n'ayons les documents finaux. Je suis sur le point de débloquer ce qui peut être considéré comme un solide coffre-fort verrouillé, et je dois le faire avec le gage de votre confiance. Je l'ai ? Est-ce que c'est vraiment quelque chose que vous voulez faire ?

Elle avait regardé Marlene droit dans les yeux avec une œillade perçante. Marlène avait réfléchi un instant, ses paumes de main étaient en sueur et son cœur s'emballait.

– Prenez quelques jours pour y penser. Ne vous précipitez pas dans quelque chose qui vous dépasse. Cet enfant sera avec vous pour le reste de votre vie, vous devez être complètement certaine de votre choix d'adopter. Je connais votre situation financière. Nous venons juste de recevoir une généreuse subvention d'un donateur anonyme, résident à San Francisco, et, pour cette raison, je ne vous demanderai pas d'argent. Cependant, vous devrez acheter vous-même les billets d'avion : aller-retour pour vous et aller simple pour l'enfant mais l'agence couvrira tous les frais liés à l'adoption si vous confirmez votre décision d'adopter.

Les frais médicaux éventuels – et il y en aura très probablement d'importants – devront être pris en charge par vous et votre compagnie d'assurance. Vous pourrez obtenir une complémentaire santé pour votre enfant grâce à votre emploi. Si vous acceptez, je vous demanderais de contacter notre expert juridique bénévole afin que vous puissiez remplir les formalités pour devenir la tutrice légale de l'enfant, ainsi elle pourra être couverte par votre assurance.

Enfin, une fois que nous aurons tout mis au point, vous devrez parler à votre employeur et réserver un vol dans les deux semaines suivantes maximum. Si vous attendez plus longtemps, vous courez le risque que le gouvernement roumain intervienne, ce qui supprimerait vos chances d'adoption par le biais de notre agence. Comme je vous l'ai dit précédemment, il y a de fortes probabilités pour que ces adoptions roumaines deviennent une épidémie nationale.

La conseillère avait scruté Marlene.

– Vous voulez vraiment réaliser cette démarche, n'est-ce pas ?

– Oui, plus que tout au monde.

– Ces problèmes ne vous découragent pas ?

– Je ne pense pas à l'ampleur de la tâche.

Elle sourit.

– Je pense à l'enfant. J'ai l'impression qu'elle m'attend, dans un pauvre orphelinat qu'elle doit absolument quitter. Je possède une maison pour elle. J'ai un cœur qui est prêt à aimer un enfant. Elle pourra rester au jardin d'enfant de la maternelle où je travaille, jusqu'à ce qu'elle soit assez grande pour aller à l'école. Je serai toujours là pour elle. Je veux tellement cette enfant ! Peu importe ses handicaps…

Marlene tremblait. Sa propre vérité jaillissait d'elle et elle se souvint de Thérèse, tandis que l'œuvre de Berthe Morisot tourbillonnait dans ses souvenirs, la lumière diffuse des voiles, la mère et l'enfant dans un lien parfait. Elle aspirait à connaitre cet attachement avec un enfant qui avait besoin d'elle et dont, elle s'en rendait compte, elle aussi avait besoin.

– Donnez-vous une journée pour y penser vraiment, Marlene. Réfléchissez-y avec tous vos sens bien ouverts, y compris votre logique rationnelle.

Appelez-moi demain avant 18 heures, et si vous êtes toujours aussi partante, nous pourrons signer les documents préliminaires jeudi soir. Cela vous convient ? »

Marlene avait acquiescé. Les sanglots restaient bloqués en elle, prêts à jaillir à tout moment.

La conseillère lui avait tendu la main, Marlène l'avait prise avec ses deux mains et l'avait tenue fermement. Elle était sortie de ces bureaux dans Market Street. L'orage qui approchait avait atteint son paroxysme, et les vents s'agitaient furieusement autour d'elle, envoyant les feuilles mortes dans toutes les directions. Alors qu'elle attendait à l'arrêt de bus, d'épaisses gouttes de pluie avaient commencé à tomber, dissimulant impitoyablement toutes les lumières sous des quantités infinies d'eau dispersées partout. Au moment où le bus était arrivé elle était complètement trempée, mais elle n'y avait pas fait attention. Elle s'était assise sur le dernier siège disponible du bus et avait regardé d'un œil neuf ce monde qui, pour elle, était la future maison de cette enfant qui serait sienne, pour toujours.

CHAPITRE 12

Si Thérèse avait allumé la radio dans sa voiture, elle aurait entendu l'alerte météorologique pour la région de l'Isère : 90 % de risque d'importantes chutes de neige épaisses avant 17 heures. Le bulletin suggérait aux conducteurs de rester chez eux à partir de 16 heures, sauf en cas d'urgence.

Alors que la musique de Bach continuait de charmer ses oreilles, Thérèse ne pensait qu'au violon. Elle n'avait pas conscience de la neige autour d'elle, qui tourbillonnait dans une obscurité silencieuse, tandis que ses essuie-glaces battaient en rythme régulier. Si elle s'était souciée de sa sécurité, elle aurait conduit lentement vers la ville, mais rien ne l'obligeait à cela sur une autoroute vide. Elle se réjouissait tout de même d'avoir mis de nouveaux pneus neige sur sa voiture quelques mois plus tôt. Ses pensées étaient toutes entières tournées vers l'image fascinante du violon qui était peut-être l'un de ces instruments perdus et chéris. Elle avait foncé tête baissée dans le monde existant des détectives.

Quand elle arriva à Grenoble, les vents hurlaient encore plus fort et envoyaient de la neige dans tous les sens. Il y avait très peu de gens dehors, les magasins fermaient, s'ils n'étaient pas déjà fermés pour la journée.

Le dépôt-vente était au numéro 68 de l'avenue Raymond Cartier, avait dit Jacob, juste au coin de la patinoire de la ville où s'étaient déroulées toutes les compétitions de patinage artistique des jeux Olympiques d'hiver à Grenoble en 1968.

Je connais ce quartier. C'était là que sa petite sœur Nicole prenait des cours de patinage artistique, semaine après semaine, jusqu'au jour où sa professeure bien-aimée était soudainement morte d'une crise cardiaque. Dévastée par la douleur et le chagrin, elle n'avait plus jamais remis ses patins. C'était l'année suivant celle où leur mère s'était suicidée, et où leur père avait dû, maladroitement, endosser le rôle des deux parents pour ses filles. Après la perte de sa professeure, sa sœur cadette s'était complètement effondrée, car elle avait été, pour elle, comme une mère de substitution. Très peu de temps après, sa sœur avait été diagnostiquée d'une forme rare de cancer. Elle était partie en un mois…

Tandis que les bottes épaisses de Thérèse agrippaient la neige molle, les souvenirs enfouis liés à la patinoire, et tout ce qui y était associé, affleurèrent dans sa conscience. Elle se dirigea vers l'entrée où un panneau indiquait « Fermé » et regarda à l'intérieur, notant que rien, mais rien ne semblait avoir changé depuis les vingt dernières années quand sa sœur et son patinage maintenaient à flot la famille en lutte.

À cette époque, tous les trois s'étaient engagés vers une destination dangereuse, celle où l'on se perd. Le visage de la professeure se raviva : elle avait un sourire si doux et chaleureux. Elle avait dit à Thérèse, en lui faisant un clin d'œil, que sa petite sœur avait un véritable talent de patineuse artistique et qu'elle irait sans doute loin, devenant peut-être la prochaine Peggy Fleming.

Nicole rendait parfois visite à sa professeure chez elle. Cette dernière vivait avec sa petite amie dans une relation lesbienne secrète. Thérèse s'en doutait. Quand Nicole était morte, la petite amie de sa professeure, elle-même enseignante de violon, avait insisté pour jouer aux funérailles. Là, dans une petite église au pied du Vercors, pendant que la neige tombait – l'hiver était rude cette année-là – elle avait joué la *Mélodie* de Glück, tirée de son opéra

Orfeo et Eurydice. Elle avait joué le même morceau aux funérailles de sa compagne quelques mois plus tôt.

Comme Thérèse marchait autour de l'arène de glace, la neige lui tombant sur la tête, le vent tourbillonnant autour de sa veste chaude, elle se souvint du violon de ce jour-là, il y avait tant d'années. Sa sonorité luxuriante résonnait encore dans ses oreilles, lui remémorant la vacuité de tout, la mort soudaine de sa petite sœur adorée juste après la mort de leur mère. Elle s'était sentie si seule ce jour-là, lorsque les dernières notes avaient été jouées et que le silence avait rempli l'église, faisant écho à son chagrin. Les Alpes s'envolaient autour d'elles.

Elle prit une respiration profonde et sentit le froid dans ses narines alors qu'elle revenait dans le présent. C'était il y a si longtemps, mais le son de ce violon se faisait encore entendre dans sa tête.

Thérèse s'approcha de la vitrine du 68 de l'avenue Raymond Cartier. Elle était toujours concentrée sur le violon d'il y a vingt ans en essayant d'ouvrir la porte qu'elle trouva verrouillée. Soudain, son esprit changea et revint à l'instant, à l'urgence d'entrer. Elle cogna à la porte, ses poings durs frappant de manière insensée, reflet de son angoisse, de sa colère et de son chagrin.

Bon sang. Pourquoi avait-il fallu que sa sœur meure ? Pourquoi avait-il fallu que les propriétaires de ces violons soient assassinés ? Je ne devrais même pas participer à ce projet. Cela n'aurait pas dû arriver, cette guerre, Hitler, et pourquoi il neige maintenant ? Ce magasin devrait être ouvert. Sa rage la rattrapa et lui fit perdre la raison. Elle avait survécu toutes ces années en se basant sur le principe que l'esprit rationnel surpassait tout. Son monde, le sien, et le monde autour d'elle, avaient été mis à terre, c'était un non-sens, et elle devait survivre. Elle écoutait les autres exprimer leur douleur, mais elle, non, elle ne ferait jamais cela.

Elle se tenait devant la porte de la boutique, elle regardait à l'intérieur quand elle vit une faible lumière au fond. Elle frappa plus fort, cette fois suppliante comme la femme désespérée qu'elle était devenue.

Ce violon est mon salut, et je dois l'avoir. Je dois revenir à la maison cet instrument avec moi.

Elle ne se reconnaissait pas dans cette attitude erratique. Elle était, d'habitude, l'incarnation du calme, celle qui n'a pas le moindre soupçon de folie. Elle s'emballa soudain dans un état frénétique. Elle gronda, se sentant envahie par la colère de sa mère contre le monde. Chancelant dans cette prise de conscience, elle remarqua que la faible lumière au fond de la boutique était plus forte. Une forme sombre s'approcha. Un petit homme, d'un mètre cinquante, poussa le rideau. Il pointa du doigt le ciel en lui disant fermement que le magasin était fermé.

« Oui, oui, je sais qu'il neige ! Mais vous avez reçu un violon dans votre magasin, et je dois le voir maintenant !

Thérèse hurlait, en partie pour être entendue à travers la porte fermée, et en partie parce qu'elle ne pouvait pas s'arrêter de crier, comme si elle avait eu besoin de crier toute sa vie et que c'était le moment que cela sorte.

– Demain, répondit-il alors en commençant à s'éloigner.

– J'ai une grosse somme d'argent pour vous le payer ! S'il vous plaît, laissez-moi entrer !

Le propriétaire du magasin se retourna et la regarda avec une moue boudeuse comme s'il lui rendait un grand service.

Quel cinéma ! Je suis sûre qu'il n'a que l'argent en tête.

Il déverrouilla rapidement la porte et, sans un mot, apporta le violon, son expression toujours butée et un peu précipitée.

Visiblement il est pressé de faire sa vente. Probablement que sa femme l'attend derrière.

Il ouvrit l'étui et montra le violon pendant une seconde. Il ne laissa pas Thérèse le toucher. Il le reposa ensuite dans son étui et en claqua le couvercle.

« – Combien avez-vous ?

– Combien en demandez-vous ?

– Combien avez-vous ? répéta-t-il d'une voix insistante, impatiente.

– 250 francs.

– Ce n'est pas assez.

Il prit l'étui, et se dirigea vers la porte, l'ouvrit et lui montra la sortie.

– Attendez ! J'ai cinq cents francs de plus dans mon autre poche.

– Vous avez dit que vous aviez beaucoup d'argent, ça, ce n'est rien.

Il lui fit signe, de nouveau, de partir.

– Non, j'ai besoin de ce violon, monsieur[25]. Je peux vous en donner mille de plus lundi, dès que la tempête sera terminée et que je pourrai aller à la banque. »

Il acquiesça. Il tendit la main, et Thérèse lui donna tout ce qu'elle avait tandis qu'il lui mettait l'étui dans les bras. Puis il la poussa dehors et claqua la porte derrière elle.

Le violon serré contre son corps, elle marcha vivement vers sa voiture. Ses pieds étaient pesants et glissants sur le chemin lourdement enneigé, le trottoir caché depuis longtemps par la folie de l'hiver. Voyant l'accumulation grandissante de neige au sol depuis qu'elle s'était garée, elle racla rapidement les nouveaux flocons déposés sur son pare-brise. Elle démarra le moteur, saisit le volant, sortit du quartier, traversa les rues abandonnées de Grenoble, conduisant ensuite sur le blanc pur de l'autoroute.

Alors qu'elle s'éloignait de la ville, elle jeta un coup d'œil au violon à côté d'elle et sourit. Ce sourire disparut bien vite, quand elle vit clignoter des lumières jaunes sur le côté de la route,

---

25   En français dans le texte

indiquant qu'il y avait une alerte danger à la radio. Elle l'alluma, elle aurait voulu entendre Yehudi Menuhin, mais à la place, se força à écouter les avertissements.

« Les nombreux épisodes de tempêtes et d'avalanches ont causé de multiples fermetures de routes en Isère. Fermeture prévue de l'autoroute, 7,5 km après la sortie Montbonnot jusqu'à Saint-Ismier. Fermeture de l'autoroute... »

« Merde ![26] » cria Thérèse.

Elle coupa la voix métallique, remit la cassette de Bach, et essaya de refouler sa colère, la neige, et la rage qui l'avaient envahie. Le talent de Yehudi Menuhin se déployait allégrement à travers le morceau : chaque note était un bijou, un flocon de neige, un diamant taillé. Thérèse les suivait avec plaisir. Elle se sentait entraînée dans son monde transcendant où le chagrin avait cessé d'être un sentiment perturbateur.

Les lumières jaunes continuaient de briller plus succinctement tandis que ses articulations devenaient aussi blanches que la neige dehors. Elle ne pouvait plus voir le panneau pour Montbonnot. Elle ne pouvait plus voir grand-chose d'ailleurs et n'avait aucune idée d'où elle se trouvait sur l'autoroute jusqu'à ce qu'un poteau en métal la regarde d'un œil torve : il barrait la route. Aucun moyen de le contourner.

« Merde ! Merde ! Merde ! [27] » cria-t-elle de nouveau, ses mots résonnant dans la nuit.

Il faisait plus noir que noir, et il n'y avait pas âme qui vive. Elle gara sa voiture sur ce qu'elle crut être le bord de la route, enroula son écharpe serrée autour de son cou, prit le violon d'une de ses mains gantées, et une petite lampe de poche qui avait un peu de batterie restante, dans l'autre. Et elle entama la marche de presque

---

26   En français dans le texte
27   Idem

huit kilomètres jusqu'à sa maison. Ses pieds avançaient péniblement, à contrecourant, sur la neige sans tache.

Chaque pas était un voyage dans sa propre angoisse, dans sa vie. Une suite morbide de tragédies non résolues. La neige tourbillonnait sans cesse autour d'elle, couvrant son bonnet, ses mains et chacun de ses membres d'un mélange incontrôlable de froid, de glace et de chagrin. Elle pleurait, elle gémissait, elle braillait des invectives vides de sens venant des profondeurs de ses pas lourds. Ses bottes s'agrippaient mal à la masse blanche glissante sous ses pieds.

Pas à pas, elle avançait, sans être certaine de toujours se situer sur l'autoroute. Elle pensait la suivre cependant et continuait. Même si elle ne cessait de souffrir. Elle comptait sur la puissance de son corps, sa musculature athlétique qu'elle avait entretenue en tant que nageuse, quelques années plus tôt. Comme la neige la fouettait, elle plongea mentalement dans une piscine infinie. Sa brasse ne fit plus qu'une avec son corps, rien d'autre ne semblait avoir plus d'importance que chacun de ses coups sans fin dans l'eau.

Alors qu'elle mettait mentalement cette illusion en œuvre, ses pas dans la neige devinrent invisibles pour son moi conscient : ils existaient, c'est tout. Le craquement de la neige sous ses pieds devint le rythme de son corps qui avançait, sa main gantée serrant toujours le violon. Elle s'agrippa encore davantage au manche en cuir quand Beethoven envahit sa conscience, puis Marlene et son doux visage. Elle ressentit une pulsation, une chaleur la traversant. Était-ce réel, se demanda-t-elle dans ce froid, de se sentir bouillante en pensant à la femme à côté d'elle ce fameux soir ?

Elle se demanda ce que Marlene faisait à ce moment précis, essayant de deviner où elle était. La vision de son visage apaisant et le souvenir de la beauté qui résonnait autour d'elle portèrent Thérèse, pendant qu'elle marchait, facilitant son chemin à travers la neige. Comme un mirage, la pancarte Saint-Ismier apparut devant elle, cachée par la neige, excepté le sommet des lettres.

Thérèse poussa un soupir de soulagement en sortant de l'autoroute et suivit les lumières à travers la ville. Elle imaginait les gens dans leurs maisons chaudes et sèches. Les commerces et les restaurants étaient tous fermés de toute façon, mais elle aurait tout donné pour une tasse de thé et une lampe de poche : la sienne, donnant des signes manifestes de faiblesse, était devenue inutile.

Hésitant à frapper aux portes des habitations, elle décida d'utiliser son instinct comme guide vers sa maison. *Donc, je prends la route montante qui traverse la ville, puis, à droite, encore et encore, à gauche, et enfin à droite.* Utilisant les lumières des maisons comme un flambeau, elle poursuivit son chemin.

Forte de l'extraordinaire musculature de son corps, chacun de ses pas lourds dans cette neige profonde devint, pour elle, le signe d'une sorte de légèreté surréaliste qu'elle pensait inimaginable. Elle serrait le violon, comme si lui aussi, lui donnait sa force, son élan pour atteindre sa maison. Quand, enfin, celle de sa voisine apparut, ses jambes, tuméfiées de froid et d'épuisement, menacèrent de s'effondrer sous elle. La réalité de ce qu'elle avait accompli lui sauta aux yeux. Sa porte d'entrée, bleue, était là devant elle. Elle tourna la poignée, poussa la neige, et pesa de son corps contre le battant de la porte avant de s'écrouler sur le sol de bois sec et doux de sa maison. Frissonnante, elle jeta ses vêtements détrempés, morceaux de glace encore collés entre eux, et se fit couler le bain le plus chaud de toute sa vie. L'eau brûlante rencontra sa peau en pétillant, son voyage était maintenant terminé, elle ferma les yeux en sanglotant.

CHAPITRE 13

Marlene prit place dans l'avion. Elle soupira. Soulagée. Ses mains, encore transpirantes et tremblantes, tenaient son carton d'embarquement pour Bucarest. Par le hublot, elle regardait la tempête passer. D'épais nuages s'éloignaient tandis que le soleil commençait à s'infiltrer. Cette semaine-là, il avait beaucoup plu. Cela avait provoqué des inondations partout et la vie marquait une sorte de temps d'arrêt.

Cette semaine-là ! Tout semblait s'être passé cette semaine-là.

Sur une période de sept jours, sa vie avait pris un nouveau chemin. Après sa rencontre avec la conseillère, Marlene était rentrée chez elle pour réfléchir. Puis elle était allée faire une longue promenade à travers les rues pluvieuses de sa ville et avait mûrement considéré ses options à plusieurs reprises.

Elle s'était interrogée : *qu'est-ce que je veux vraiment dans la vie ?* Cette fois, la réponse était claire : cette enfant. Pourtant elle était de nature à hésiter tout le temps. Son incapacité à prendre des décisions l'avait d'ailleurs toujours agacée. Cette fois, cependant, il n'y avait pas une once d'incertitude. Son intuition était puissante. Elle ne voulait pas juste être parent, elle le sentait. Elle voulait être la mère de cette petite fille. Sans aucun doute, elle rencontrerait des moments difficiles, pourtant elle sentait qu'elle avait une quantité infinie d'amour et de patience, disponibles pour absolument tout surmonter.

Elle avait appelé la conseillère et juste dit « oui ».

Alors, avait débuté le tourbillon. Elle avait signé des documents, et encore d'autres documents. À chaque signature la certitude de suivre la bonne voie se renforçait, chaque fois qu'elle écrivait son nom sur un formulaire elle se sentait au plus proche de sa vérité intérieure.

La juriste lui avait expliqué le déroulement de la procédure. Lorsque l'enfant lui serait remise en Roumanie, Marlene en deviendrait la tutrice légale jusqu'à ce que l'adoption soit finalisée en Californie. Quand elle avait annoncé la grande nouvelle à son travail, à sa supérieure et à tous ses collègues, tout le monde avait sauté de joie et célébré l'événement. Ils lui avaient proposé de prendre un congé aussi long que nécessaire, et lui avaient assuré qu'à son retour ils accueilleraient l'enfant à bras ouverts, peu importe son handicap.

Lorsque Marlene avait fini sa journée ce jour-là, elle était aussi allée discuter avec l'avocate. Elle savait qu'elle voulait élever sa fille à San Francisco, car elle avait conscience que c'était là qu'elle trouverait l'acceptation et la compassion dont elle aurait besoin.

Elle avait regardé son appartement et s'était demandé ce qu'il faudrait changer, ce dont il faudrait se débarrasser et ce qui pourrait être gardé. Dans une semaine, elle serait mère, et sa maison était en désordre. Elle avait attaqué le ménage, chassant la poussière dans les coins, ramassant les sous-vêtements sales qu'elle n'avait pas encore lavés. La panique rôdait, elle avait grincé des dents en regardant autour d'elle, se sentant submergée par tout ce qu'elle avait encore à faire en si peu de temps.

Elle s'était effondrée et lui était revenue en mémoire sa propre mère, ivre encore, incapable de s'occuper de qui que ce soit. Elle avait ressenti une solitude étouffante. Le petit monde qu'elle avait développé de cette enfance mutilée avait des murs épais et ne contenait personne d'autre qu'elle.

Les yeux fermés, elle avait imaginé Thérèse. Elle avait vu sa passion, son amour de la vie, la façon dont elle croyait en elle et se jetait dans les affres de tout ce qui pouvait lui arriver. Dans son esprit, elle avait attrapé son visage, ses lèvres. Elle avait ressenti, de fait, une flottabilité, une flamme à l'intérieur d'elle qui s'épanouissait dans toutes les directions. Quand elle avait rouvert les yeux, la pièce semblait différente, l'image dans sa tête s'était radicalement modifiée. Elle s'était sentie devenir une Amazone, et, en toute logique elle avait commencé par retourner tout son appartement qu'elle avait mis complètement sens dessus dessous. Elle avait déménagé les meubles, sorti tout ce dont elle n'avait plus besoin. Elle avait vidé la pièce qui lui servait de bureau, et ne serait plus son bureau mais la chambre d'enfant.

Puis, elle était partie faire des courses. Un lit, une commode, un tapis, doux, oui, doux serait le thème. L'amour allait entrer dans cette maison, caressant doucement un enfant qui avait besoin d'un foyer, à qui il fallait une maman.

La veille de son départ, elle avait tout bien préparé. Elle avait créé un foyer pour deux : pour une mère et sa fille. Des larmes silencieuses s'étaient mises à couler quand elle s'était assise sur le lit dans la petite chambre, caressant le doux tissu de velours.

Elle avait pensé à sa mère, dans les derniers moments de sa vie avant qu'elle ne succombe au « grand monstre noir », le surnom que son père avait donné au cancer qui l'avait emportée quand Marlene avait treize ans. Une semaine avant de mourir, sa mère, rongée par la douleur, avait eu ses dernières paroles avec sa fille unique.

« Pas d'enfant, Marlene, ne fais pas d'enfant ! lui avait-elle dit à l'hôpital d'une voix faible et laborieuse. Le jour où je suis tombée enceinte de toi, ma vie a cessé de m'appartenir. Ton père ne voulait pas que j'avorte. »

Son corps avait convulsé après ces derniers mots et le médecin avait augmenté la dose de morphine pour l'aider à supporter la douleur.

Marlene, atterrée par la déclaration finale de sa mère, avait senti sa poitrine se serrer. Pendant de longues minutes elle avait été incapable de respirer normalement.

Sa mère était morte deux jours plus tard. Son départ avait creusé un trou dans sa psyché, la rendant incapable d'aimer, d'envisager la moindre possibilité de lien intime avec qui que ce soit.

Son père l'avait emmenée consulter un thérapeute le jour où le directeur du collège l'avait convoqué pour lui dire que sa fille, qui n'avait pas dit un mot pendant des mois après le décès de sa mère, avait besoin d'aide.

Marlene, semaine après semaine, y allait, s'asseyait, murée dans le silence. Finalement, un jour, au bout de quelques mois, elle avait parlé :

« Je veux faire du baby-sitting, avait-elle dit d'une voix discrète.

– C'est une belle idée, avait répondu le thérapeute. »

Ainsi avait débuté le chemin de sa renaissance. Quand elle était avec des jeunes enfants, son propre enfant intérieur s'épanouissait et elle devenait capable d'ouvrir les yeux. L'amour qu'elle n'avait jamais ressenti durant sa jeunesse fleurissait comme une plante sauvage rare que le vent avait transportée vers une colline vide.

Elle avait obtenu son diplôme au collège, au lycée, puis à l'université de San Francisco, un diplôme en développement de l'enfant. Juste après, dans un accident improbable, son père, avec qui les rapports s'étaient détériorés, était mort en promenant le chien de sa nouvelle petite amie. Une voiture les avait renversés et tués tous les deux sur le coup.

Après ses funérailles, Marlène avait décidé que le monde magique des jeunes enfants était le seul endroit sûr de la terre. Elle avait assez vite trouvé un travail dans une crèche locale, et c'était là, et seulement là, qu'elle avait pu s'épanouir.

Bien qu'il s'agisse d'un vol de nuit, Marlene n'avait pas dormi du tout. Son excitation était si intense qu'elle s'était diffusée jusqu'aux sièges voisins. Elle ne tenait pas en place, et plusieurs fois dans la nuit, d'autres insomniaques heurtèrent ses pieds vagabonds s'agitant dans l'allée. Personne n'était assis à côté d'elle, ce qui était vraiment une chance et lui permit de répandre sans souci toute son incontrôlable énergie. Elle avait l'impression qu'il lui fallait l'avion entier pour tout contenir. Toute la nuit, les hôtesses de l'air lui avaient continuellement donné des petits sachets de nourriture, afin d'essayer de calmer cette passagère débordante de vitalité. Mais elle n'avait pas d'appétit. Cependant, elle avait gardé tous les petits paquets pour son enfant.

Elle ferma les yeux et essaya de se rappeler dans le détail l'ensemble des instructions que la conseillère et la juriste lui avaient données.

La semaine où Marlene avait désencombré son appartement, la conseillère avait téléphoné, finalisant tout pour elle. La procédure d'adoption avait été rendue possible grâce à une amie de cette dernière qui vivait à Bucarest, une avocate connue qui s'était donnée pour mission de libérer les enfants abandonnés et de les confier à de parents aimants, d'où qu'ils viennent. Elle avait dit à la conseillère de Marlene que c'était son cadeau à San Francisco, une ville qui l'avait chaleureusement accueillie elle et sa compagne, des années auparavant, quand elle étudiait à l'Université de San Francisco.

« Dès votre arrivée à Bucarest, enregistrez-vous à l'hôtel, et assurez-vous que tout est prêt et parfait, pour qu'il n'y ait pas de mauvaises surprises lors de votre première nuit. Ensuite, prenez un taxi pour l'orphelinat. Demandez au chauffeur de vous y attendre jusqu'à ce que vous soyez prête à partir. Présentez-vous à l'accueil de l'institution et dites-leur que Doina Cristina Moldava, ou madame Moldava, a organisé votre rendez-vous d'aujourd'hui.

Ils peuvent faire semblant d'être dubitatifs. Si c'est le cas, donnez-leur cent dollars et ils comprendront immédiatement pourquoi vous êtes là. Indiquez-leur qu'un dossier est ouvert à votre nom. Encore une fois, s'ils semblent confus, redonnez-leur cent dollars. Dans ce dossier il y aura le nom de l'enfant qu'ils vous ont destinée. Pour des raisons de confidentialité, Mme Moldava ne m'a communiqué aucun élément sur l'identité de cette enfant par téléphone, mais elle a insisté sur le fait qu'elle a tenu compte de ce que vous avez demandé : une petite fille, pas plus de cinq ans et pas moins de deux ans afin qu'elle puisse aller à la garderie où vous travaillez.

Si, à n'importe quel moment, ils vous refusent la petite fille, redonnez-leur encore cent dollars.

Voyant les yeux inquiets de Marlene, la conseillère avait ajouté :

— Surtout soyez rassurée : ce n'est pas un enlèvement et tout a été organisé scrupuleusement par madame Moldava. Les employés de l'agence d'adoption le savent parfaitement et pourraient, vu votre visage innocent, essayer de vous manipuler et vous laisser repartir chez vous les bras vides. Ne les laissez pas faire.

Une fois qu'ils vous présenteront l'enfant, ne lui montrez pas trop d'affection devant eux. Gardez cela pour plus tard. En ce qui les concerne c'est un accord commercial.

Établissez un contact visuel et soyez chaleureuse avec la fillette. Si elle veut vous montrer ses amis, son lit, peu importe, laissez-la faire ! Si elle semble effrayée, c'est normal. En réalité, attendez-vous à de la peur et une certaine résistance pour une période plus ou moins longue, quelques mois, voire quelques années. Rappelez-vous toujours qu'elle a été gravement traumatisée, et même si vous, vous savez que vous êtes une personne saine, elle, elle ne le sait pas. Votre travail est de la sortir de là sans caprice et, espérons-le, sans crise de colère. Si cela arrive, cela sera plus difficile, mais pas impossible. Vous devrez lui montrer dès le début, dans vos actions, dans les expressions de votre visage que vous êtes chaleureuse, capable, attentionnée, à l'écoute, et que rien ne vous intimide.

Ensuite, prenez-la par la main et allez vers le taxi qui vous attend pour rentrer à l'hôtel. Le lendemain, tôt le matin, vous aurez un vol pour Londres Heathrow, où la Société Européenne d'Adoption vous attendra. Ils gèreront tous les détails restants avant que vous ne repartiez à San Francisco. Il y sera fait un examen médical approfondi. Tous les soins d'urgence nécessaires lui seront prodigués. Un rapport détaillé de ses potentiels besoins médicaux vous sera remis que vous pourrez transmettre à votre médecin traitant à votre retour chez vous. Tous les documents de voyage seront vérifiés pour éviter un problème à la douane.

Ces procédures seront toutes effectuées d'ici la fin de la journée, donc vous pourrez prendre votre vol à 22 heures pour la Californie. »

* * *

Pendant le vol, Marlène s'était assise, les yeux fermés, près de l'aile de l'avion, imaginant le commencement de sa vie de maman, la première expression sur le visage de son enfant, sa fille. Elle avait mémorisé les instructions. Il ne restait plus qu'à y arriver, prendre la main de la petite, et laisser l'amour les guider.

Elle sentit avant tous les autres passagers le moment précis où l'avion commençait sa descente. Elle regarda par la fenêtre le ciel obscurci, un peu comme l'accueil hivernal que lui avait réservé Paris. Alors que les routes et les bâtiments prenaient forme dans l'obscurité, elle voyait aussi les montagnes et des kilomètres de nature sauvage pour les accueillir. L'atterrissage fut difficile à cause des turbulences provoquées par les vents autour de l'avion. Il planait un sentiment de désolation, du gris en tout genre, des choses aigües, déchiquetées. Quand enfin l'avion atterrit, elle poussa un soupir, complètement différent de celui qu'elle avait eu au départ de San Francisco. Celui-ci contenait une détermination, une force, un pouls, qui la poussaient en avant, son sac à la main, hors de son siège, hors de l'aéroport, et vers le taxi qui l'attendait.

Pas le temps de visiter Bucarest comme une touriste, pas le temps pour les beaux édifices ni les monuments impressionnants ni les immenses parcs. Au lieu de cela, son attention était concentrée intérieurement. Dans le taxi, elle observait la ville et son aura de mystère qui semblait défiler à toute vitesse. Elle décida qu'un jour elle reviendrait pour comprendre cette ville.

En arrivant à l'hôtel, comme convenu, elle s'enregistra. Puis elle reprit le taxi et demanda au chauffeur d'aller à l'orphelinat. Alors qu'ils approchaient, la ville semblait frémir, tout était miteux et délabré. Il n'y avait ni arbre ni buisson en vue et les bâtiments visibles qui l'entouraient étaient vétustes, des structures en béton sans aucun soin ni entretien. L'orphelinat lui-même se profilait à l'horizon comme une bâtisse en perdition. Le taxi se gara. Marlene s'assura que le chauffeur l'attendrait, et elle entra dans le bâtiment-mausolée avec légèreté.

Tout ce que la conseillère lui avait prédit se déroula. Pour finir, Marlene dépensa cinq cents dollars, souriant intérieurement à chaque demande parce qu'elle savait qu'au final, elle gagnerait à ce jeu.

Et puis, le grand moment arriva. *Elle* arriva.

Une toute petite chose, gracile, le visage creux et cireux. Ses yeux étaient enfoncés dans leurs orbites. Son regard semblait vieux, dépourvu de la douceur de l'enfance, pourtant, elle n'avait que trois ans et deux mois. L'employée de l'orphelinat lui tenait fermement la main, car il était clair que la petite fille voulait s'enfuir de la pièce.

Marlene la regarda dans les yeux et sentit ses larmes jaillir quand elle se rendit compte de cette appréhension. Le moment le plus précieux se déroula dans la chambre. Elle regarda la fillette, stupéfaite de sa beauté. Et Marlene tomba presque à genoux. L'enfant s'était approchée d'elle, levant ses bras, de minuscules allumettes squelettiques tendues vers le ciel, ce geste universel des enfants qui veulent être soulevés de terre, portés, câlinés, qui veulent se sentir en sécurité dans les bras d'un adulte. À cet instant, Marlene ne savait pas que cette enfant n'avait encore jamais fait ce geste dans sa courte vie. L'instinct avait pris le dessus au moment où elle se rapprochait de Marlène, qui l'attrapa, la souleva et la serra contre elle, l'entourant de sa douceur.

Ensemble, elles se dirent bonjour dans une langue aussi vieille que le monde, aussi primitive que le premier geste de tendresse de l'humanité. La petite ne la lâcha pas, s'accrochant à Marlène de ses bras serrés et déterminés. Marlene roucoula et la garda près d'elle, leurs joues se frottant l'une contre l'autre.

Dans chaque coin de cette pièce, il y avait des regards. Des confins de l'humanité les orphelins regardaient, bouche bée, celle qui avait attendu cela, leurs cœurs pleins de leur propre famine, du manque de n'avoir jamais été aimés, voulant cela aussi, voulant que cette femme soit aussi leur mère. Car les enfants savent ces choses. L'appel primitif résonne en eux, il est le message ancestral du cœur. Les enfants savent ce qu'est l'amour, mais ceux-là étaient pris au piège, au fond d'un monde déjà sans pitié qui les affamait.

Il régnait un silence inhabituel dans la chambre depuis que Marlene et la petite s'étaient agrippées l'une à l'autre, que les bras solides de Marlene la retenaient près d'elle, alors que l'enfant s'y lovait et fermait les yeux. Les visages des employés de l'orphelinat reflétaient leur étonnement car ils n'avaient jamais vu ça auparavant.

La directrice lui remit une chemise cartonnée contenant un seul document. C'était cela le dossier complet de la petite.

La pochette en main, Marlene prit l'enfant, qui s'était endormie, et se glissa dans le taxi, laissant derrière elles les sombres arcades de l'édifice, qui resteraient à jamais dans leurs esprits un lieu noir, devenu sacré parce que c'était là que l'amour avait trouvé sa vocation.

CHAPITRE 14

Il était 13 heures quand Thérèse se réveilla sous un soleil d'hiver éblouissant traversant ses fenêtres. Elle se frotta les yeux pour se réveiller du profond sommeil dans lequel elle était tombée et regarda au pied de son lit, là où le violon était posé, son étui taché et dégoutant. Dans l'urgence de la veille elle n'avait pas prêté attention aux détails de l'instrument et de son étui.

Elle ouvrit précautionneusement les loquets et une pièce de bois à l'odeur enivrante apparut. Alors qu'elle la sortait, elle se sentit baignée dans quelque chose d'intemporel, la sensation qu'une musique éternelle coulait de ce violon. Elle regarda à l'intérieur pour trouver sa date de création. Elle découvrit alors quelque chose d'à peine visible sculpté dans le bois et dont elle ne put distinguer le sens. Elle tenait l'instrument contre elle, le berçant comme si c'était un enfant, un être beau que le luthier avait sculpté dans des arbres très probablement plantés plusieurs générations plus tôt. Elle prit l'archet, resserra les mèches, et mit le violon sous son menton, cherchant délicatement une note.

Elle avait déjà effectué ces gestes plusieurs années auparavant, pour jouer du violon d'un ami pendant cinq minutes. Alors qu'elle le caressait, que son avant-bras allait de haut en bas enchainant les notes, elle remarqua, malgré son inexpérience de jeu, quelque chose de différent : ce violon avait une résonance infiniment douce, une pureté de son qui parlait d'un âge bien antérieur au sien.

Elle voulait appeler Jacob pour lui parler de sa découverte. Elle avait hâte d'arriver à Paris pour qu'il regarde l'inscription à l'intérieur, pour qu'il écoute la somptuosité de ce violon. Elle réalisa qu'elle avait raté son rendez-vous téléphonique de la veille, et que maintenant c'était dimanche, il ne serait très certainement plus à son bureau. Son impatience grandissait, elle prit le téléphone et composa son numéro.

« Allô ? répondit la voix.

— Ah, Jacob, c'est vous ! Ouf ! Je voulais vous appeler hier, mais j'étais coincée dans la pire tempête que Grenoble ait connue depuis cinquante ans.

— Affreux ! Je comprends. Vous avez eu le violon ?

— Oui, c'est incroyable, je l'ai juste devant moi ! J'ai dû marcher et abandonner ma voiture sur le bord de la route. Mais je vais bien, ce violon est un petit bijou, je le jure, je pense que nous avons un de nos instruments perdus. Je suis en congé mardi. Puis-je venir vous le montrer ?

Thérèse était essoufflée, son excitation incontrôlable.

— Absolument ! Je suis là toute la journée jusqu'à 18 heures. Je vous attends avec impatience mardi !

— Parfait, alors. À bientôt ! »

Thérèse reprit le violon, le repositionna dans son cou et le berça. Elle imagina son propriétaire, soixante ans auparavant, quelque part en France, dans une famille en train de célébrer le shabbat ensemble un vendredi soir, les mains encerclant la lumière des bougies. Puis la challah et le vin auraient été distribués et les bénédictions dites alors que le soleil se couchait. Et il y avait de l'amour, tellement d'amour autour de cette table. Elle visualisa quelqu'un jouant de cet instrument, des sons éternels émanant de leur foyer. Thérèse se représenta cette maisonnée emportée, dans des wagons à bestiaux, vers sa mort. Le violon, celui qui avait joué si doucement la nuit du shabbat, elle le vit pris, arraché, tombé entre les mains de voleurs, de meurtriers, des mains calleuses qui ne connaissaient rien à la musique.

Elle jeta un coup d'œil par la fenêtre et regarda la neige fondre. Elle enfila sa veste épaisse, ses bottes, son chapeau, entoura son cou de son écharpe la plus chaude. Une pelle sur l'épaule, elle emprunta le chemin jusqu'à sa voiture. À chaque craquement de ses bottes sur la poudreuse douce et fondante, elle se rappelait son voyage de la veille. Elle se moqua d'elle-même et vit ce que les humains sont capables de faire pour accomplir une mission. Le soleil apparaissait derrière les nuages. Les enfants jouaient dehors, riant et glissant sur les collines de la ville.

La boîte de métal qui aurait dû la ramener à la maison s'était transformée en une motte blanche au bord de la route. Thérèse dut pelleter environ une heure pour qu'elle ressemble enfin à sa voiture.

La route, de nouveau ouverte et dégagée, lui redonna un accès libre à sa maison où elle put sécher ses vêtements mouillés et pleins de sueur, se réchauffer d'une soupe et d'un peu de pain, et se coucher rapidement. Elle ferma les yeux, son inconscient la plongea dans un sommeil profond et sans rêves.

CHAPITRE 15

Dans la chambre d'hôtel, l'enfant dormait en sécurité sur le lit pendant que Marlene caressait ses cheveux, ignorant volontairement à quel point ils étaient sales. Pour Marlene, cette petite était parfaite à tous points de vue, et son cœur débordait de quelque chose qu'elle ne pouvait pas identifier. Elle se sentait éperdue de gratitude en regardant le petit être parfait lové dans ses bras sur le lit. Elle ne s'était jamais sentie aussi heureuse.

Elle se souvint des mots qu'elle avait lus plus tôt sur l'unique feuille de papier contenant toutes les informations fournies par l'orphelinat. Elle s'appelait Gabriela. Elle était née le 15 décembre 1981, à Bucarest. Quand elle était arrivée à l'institution, elle avait 2 ans et 6 mois. Elle mesurait 76,2 centimètres et pesait 9,98 kilos. Marlene retourna la page, pensant qu'il y aurait autre chose. Ses antécédents médicaux ? Des informations sur ses parents, sa fratrie, des observations sociales ou émotionnelles ? Rien.

En se moquant d'elle-même, elle imagina le tableau : une toute petite enfant, affreusement maigre, qui avait été très probablement jetée dans cet orphelinat par des parents qui l'avaient abandonnée, et qui, contre toute attente, avait survécu à huit mois de négligence sans compter les probables abus. La survie est un trésor. Elle méditait sur cela tout en caressant la peau douce de l'enfant qui s'accrochait à elle. Alors qu'elle écoutait la respiration lourde de Gabriela dans son sommeil, elle se souvint des paroles de la conseillère, la préparant pour son départ.

« J'ai entendu parler des atrocités dans ces orphelinats roumains, je précise que ce sont des informations dont le public n'a pas encore connaissance. Par exemple, dans ces institutions, à l'âge de trois ans, ils font faire un test aux enfants devant une commission chargée de les diviser en deux groupes : les « mauvais » et les « bons » enfants.

Le groupe « bons » rassemble les enfants les plus solides qui peuvent survivre même dans l'environnement le plus rude. Ils sont admis dans un programme éducatif parrainé par le gouvernement pour les enfants de trois à dix-huit ans. Le groupe « mauvais », rassemble les enfants faibles, en général les plus sensibles, qui ne peuvent pas supporter les coups de feu, la solitude, et tous les autres événements des enfances difficiles. Ces enfants sont considérés comme des enfants handicapés mentaux ou physiques.

Marlene, l'enfant qui vous sera donnée, appartiendra probablement à la catégorie des « mauvais », c'est pourquoi ils seront plus qu'heureux de la voir partir. Ils ne vous diront sûrement rien sur les circonstances de ce choix, et vous devrez vraisemblablement découvrir par vous-même quel est le problème. J'espère que les médecins de Londres vous aideront à entrevoir les défis et les incapacités concernant votre enfant. »

Marlène regardait sa fille. De la douceur emplissait ses yeux tandis qu'elle écoutait le rythme régulier de sa respiration. Il n'y avait pas besoin d'échanger des paroles : le lien se créait par leurs gestes, quelque chose qui passait par le toucher. Elle remarqua comment l'enfant s'était concentrée sur son visage, en l'étudiant. Elle n'avait émis aucun son articulé juste des petits grognements. Marlene savait que pour la plupart des enfants de cet âge le développement du langage était l'une des étapes majeures. Pendant que Gabriela était absorbée par cette étude, cette inspection silencieuse, l'expression de son visage montrait clairement un désir d'en savoir plus. Pourtant lorsque le chauffeur de taxi lui avait dit quelques mots en roumain, sa figure avait semblé vide, distante. Marlene, dans sa connaissance rudimentaire de cette langue, avait compris qu'il l'avait appelée « belle » et qu'il lui avait dit quelque chose qui semblait être une blague, mais la petite n'avait pas répondu. Marlene n'était pas sûre que Gabriela l'ait entendu, mais peut-être était-elle juste prudente avec quelqu'un qu'elle ne connaissait pas.

« Gabriela » dit Marlene à haute voix, répétant tranquillement son prénom. C'était vraiment joli. Elle adorait la façon dont ce prénom se déroulait sur la langue, comme une chanson. Peut-être était-elle sourde ? Peut-être autre chose ?

Aujourd'hui spécialiste du sujet, à cette époque de sa vie, diagnostiquer et aider au développement du potentiel des jeunes enfants ne signifiait alors rien pour elle. Dès le premier instant, ce qui compta entre Gabriela et elle, ce fut ce lien immédiat. Et de là, commença son expérience de l'attachement et du lien avec un enfant de trois ans.

Elle ressentait un éclair de ravissement juste en sachant que sa fille serrait sa main dans son sommeil. Puis cela se transforma en une douce tranquillité. C'était cela l'amour, décida-t-elle en se rapprochant d'elle, de sa Gabriela, ses bras enveloppant fermement cette petite chose, tout en sombrant, à son tour, dans un sommeil profond et serein.

CHAPITRE 16

« Oh Mon Dieu ! [28] » s'exclama Jacob quand son assistant fit un examen approfondi du violon et scruta avec attention chaque anfractuosité, extérieure et intérieure.

Thérèse regarda leurs visages puis le bas du violon qui brillait sous les lumières blanches. Presque dissimulés, visibles seulement grâce à la portée spéciale de ces lumières super-brillantes, étaient gravés les simples mots « Guarneri 1738 ». Puis, complètement cachée dans les nervures arrière du bois à l'intérieur, près de la caisse de résonnance, il y avait une étoile de David.

« Héritage familial, déclara Thérèse.

Tous trois avaient les larmes aux yeux. Philippe, l'assistant luthier et spécialiste des violons anciens, enleva ses gants, souleva l'instrument et le cala dans son cou. Il prit l'archet, également du XVIIIe, dont l'extrémité était entrelacée d'ivoire, et le resserra.

– Puis-je ? demanda-t-il, solennellement.

– Oui. S'il vous plaît, répondit-elle.

Il commença à jouer la *Partita numéro 2 pour violon* de Bach principalement les suites *ré* et *sol*. À un moment il monta vers des notes aiguës, créant une résonance au goût d'éternité qui plongea directement dans le cœur de ceux qui écoutaient. Le Guarneri rendit grâce à chaque note, les accompagnant d'une vibration

---

28   En français dans le texte

66

angélique d'une douceur qui, en se mêlant à son âge, créait une sensualité infinie que rien, à cet instant, ne pouvait surpasser.

Quand Philippe eut fini, le silence dura plusieurs minutes, ils étaient tous les trois saisis tant par la clarté de cet instrument que par sa découverte.

Alors que l'écho des dernières notes résonnait en eux, Jacob dit tranquillement :

— Je connais le propriétaire. C'était le meilleur ami de mon père.

Thérèse et Philippe étaient bouche bée.

— Quand j'étais petit, j'allais souvent chez lui avec mes parents. Après le dîner, il jouait pour nous. Cet instrument a exactement le même son. Je suis certain que c'est son violon.

Il commença à pleurer, des larmes énormes qui tombaient sur ses pieds.

— Je les vois ! souffla-t-il en sanglotant. Mes parents, les nuits près du feu, écoutant ce que je pensais être le plus merveilleux son de la terre, sortant du violon de l'ami de mon père. Pendant des années, bien après que mes parents avaient été assassinés, j'étais là, seul survivant, à chercher un semblant d'humanité. Pendant des années, le son de ce Guarneri a résonné dans mon cerveau, me donnant une raison de vivre. Je me suis souvent demandé ce qu'il était arrivé à ce violon, qui était devenu pour moi le symbole de quelque chose plus grand que la vie.

Philippe tendit le violon à Jacob. Il le leva à hauteur de son nez et le huma puis il embrassa le bois. Ses larmes coulaient et mouillaient le manche. Il leva les yeux au ciel et remercia l'univers, puis il berça l'instrument comme s'il s'agissait de son propre enfant, une pièce de maître, un chef-d'œuvre, un travail de génie, l'emblème de la grandeur de l'humanité.

— Y a-t-il un membre de la famille qui a survécu ? demanda Thérèse.

Il hocha la tête pour dire oui.

– Un fils. Il vit aux États-Unis avec sa femme et leurs deux enfants. »

Un profond silence envahit la pièce lorsqu'il se dirigea vers le téléphone, regarda un morceau de papier sur son bureau, avisa le numéro, et le composa. Une voix masculine répondit.

«Allô ?

– Bonjour, c'est bien M. Lieberman ?

– Oui.

– C'est Jacob Bernovitch de l'Association de la musique pillée à Paris. J'ai le violon de votre père.

Il y eut un silence à l'autre bout du téléphone.

Puis un cri.

– Oh mon Dieu ! Dites-moi tout ! Ruth, viens au téléphone, ils ont trouvé le violon de Papa !

Une femme cria, des sons suraigus et violents, suivis de pas. Son épouse courait au téléphone.

– Vous êtes sûr ?

– Oui, Oscar, aussi sûr que je connais mon nom. J'ai reconnu le son avant même de regarder à l'intérieur avec mon spécialiste et avant même de lire l'étiquette, et de voir l'étoile de David près de la caisse de résonnance.

Sa voix traînait un peu.

– Je me souviens avec tant de chaleur de toutes ces nuits où ton père jouait de ce violon.

Il se mit à pleurer de nouveau, entendant les sanglots à l'autre bout du fil, deux hommes qui avaient miraculeusement survécu aux atrocités des camps, pleurant tous ceux de leurs familles qui n'avaient pas survécu. Deux hommes qui avaient grandi et qui avaient recommencé à vivre. Jacob pressa l'oreille contre le téléphone, tandis que le fils du meilleur ami de son père continuait de pleurer, tandis que sa femme à côté de lui pleurait aussi, et que depuis l'Amérique, les lignes téléphoniques crépitaient pour les relier.

— Pouvez-vous faire quelque chose pour moi ? dit Oscar à travers ses larmes.

— Bien sûr. Ce que vous voulez.

— Est-ce que vous, ou quelqu'un d'autre peut jouer quelque chose, n'importe quoi, sur ce violon ?

— Absolument.

Jacob hocha la tête et regarda Philippe en murmurant :

— Pouvez-vous jouer quelque chose pour M. Lieberman ?

Philippe hocha la tête et prit le violon. Il mit un chiffon de soie sous son menton et saisit l'archet. Alors que Jacob tenait le téléphone en l'air, Philippe caressa le Guarneri comme un enfant délicat. Il posait sans effort ses doigts de haut en bas sur le manche en harmonie avec l'archet, produisant des sons qui s'envolaient dans la pièce où ils se trouvaient et à travers le téléphone, de Paris à Chicago. Il choisit un morceau de Paganini.

— Mon père a joué ce morceau, entendirent-ils quelques minutes après la fin de la prestation de Philippe.

— Je prends un vol pour Paris en début de semaine prochaine, déclara Oscar.

Les larmes l'envahirent à nouveau tandis qu'il marmonnait quelque chose. Sa femme prit la parole, la propre voix tremblante et fragile.

— Comment pouvons-nous vous remercier, Jacob ?

— Remerciez mon assistante Mme Lieberman. Elle a trouvé ce violon à Grenoble dans un dépôt-vente, au milieu d'une tempête.

— S'il vous plait, appelez-moi Ruth. Je veux rencontrer cette femme. Nous lui devons tout, et à vous aussi.

— Ce qui compte c'est votre violon familial. Les vies vont et viennent, certaines sont irrémédiablement volées, mais j'ai dans les mains un morceau de bois qui sera bientôt dans les vôtres, et cela va bien au-delà de toute la laideur des comportements humains et laisse la place aux deuils. Pour moi, c'est cela la vie.

– Mazel tov !

Jacob pouvait entendre les larmes à travers ces mots.

– Mazel tov ! À vous et à votre famille aussi.

– À la semaine prochaine !

– Absolument ! »

Chacun tenait le téléphone, maintenant raccroché, témoins à Paris et à Chicago de ce qu'il venait de se passer. Le calme était revenu de chaque côté de l'Atlantique, presque comme un souffle, tandis que l'hiver s'agitait dehors, rappelant à chacun la dureté de la vie.

Pendant ce temps, le violon rayonnait de l'intérieur comme s'il avait son propre esprit, un bois porteur d'espoir, vers tout ce qui serait, vers un avenir qui soutiendrait maintenant la musique, une si belle musique faite d'arbres qui vivaient il y a des siècles et de mains qui modulaient des sons exceptionnels, de père en fils, éternellement.

CHAPITRE 17

Quelques heures plus tard, Marlene se réveilla en sursaut. Sa fille sanglotait à ses côtés. Ses mains étaient trempées et son corps en sueur. Ses cris devinrent des grognements forts et elle comprit que Gabriela devait mourir de faim. Elle avait refusé toute nourriture depuis leur rencontre quelques heures plus tôt. Selon l'horloge, il était 21 h pour la petite et le milieu de la nuit pour elle. Les vêtements de l'enfant étaient couverts d'urine, et les draps étaient trempés. Elle prit le téléphone et appela le *room service*, mais personne ne parlait anglais. Elle se souvint, alors, des quelques mots pour demander de l'aide que lui avait appris la conseillère en adoption.

« Ajutor ! E o urgenta ! [29] - À l'aide ! C'est urgent ! - » implora-t-elle. Elle pleurait au téléphone.

La réceptionniste s'agita. Marlene n'avait qu'une vague idée de ce qu'elle disait. Les gémissements de Gabriela se firent plus importants et elle pensa que la réceptionniste les entendrait et ferait quelque chose. Gabriela commença à se débattre sur le lit trempé et refusa que Marlene la touche, même si son expression appelait à l'aide. Marlene fixa le visage désespéré de sa fille avec un regard calme et rassurant.

Quelqu'un frappa alors à la porte.

---

29   En roumain dans le texte : « à l'aide, c'est urgent »

71

Marlene ouvrit, soulagée. Elle sentait que les gens de l'hôtel étaient au courant des raisons de sa venue. Ils avaient remarqué son arrivée, une Américaine avec un petit enfant… Dans le chariot de la femme, il y avait un change complet de draps et un dîner. Marlene s'approcha pour embrasser la femme pulpeuse tandis qu'elle emmenait l'enfant en détresse. La femme de chambre alla voir Gabriela et lui parla dans sa langue maternelle, mais les cris continuaient. Elle tendit un verre de lait à Marlene. Marlene caressa les cheveux de sa fille en lui proposant le verre en plastique et regarda la façon dont elle déglutissait le liquide blanc et doux. Le calme était revenu dans la chambre, la cacophonie s'était éteinte tandis que la petite fille buvait cette substance nourrissante. Quand elle eut fini, la femme de chambre lui offrit un sandwich, l'odeur du pain frais flottait dans la pièce. Gabriela déchira un morceau de pain, en respirant les saveurs douces et insistantes de la levure. Marlene scruta le visage angoissé de sa fille. Le contenu du sandwich se renversa sur le lit, mais elle attrapa les morceaux sur les draps humides et en dévora chaque bouchée. Elle poussa une énorme part de nourriture dans sa bouche. Il semblait qu'elle n'avait pas mangé depuis des mois. En regardant son petit gabarit, Marlene se demandait si elle avait déjà mangé autant.

La femme de chambre pinça son nez avec ses doigts pour montrer à quel point cela sentait mauvais. Elle alla vers son chariot et montra du doigt les draps propres. Marlene prit dans son sac un ensemble de vêtements frais. L'employée de l'hôtel se dirigea vers la salle de bains, et pendant que Marlene tenait sa fille, elle l'aida à la laver avec un gant de toilette chaud et humide. Elle prit les vêtements souillés et les mit dans son sac à linge sale. Sans un mot. Tout se fit avec fluidité et douceur. L'enfant ferma les yeux, une expression satisfaite sur son visage, pendant que Marlène la tenait près d'elle et qu'elle respirait ses nouvelles odeurs agréables. Quand elle eut changé les draps, elle allongea Gabriela et tira les couvertures sur son corps fluet. Marlene donna un généreux pourboire à la femme de chambre, puis retourna se coucher. Reprenant sa fille dans ses bras, elle écoutait les bruits rythmés de son souffle pendant qu'elle s'endormait. Marlene vit qu'il restait un sandwich supplémentaire pour elle et s'aperçut qu'elle aussi était affamée. Elle engloutit la collation comme sa fille l'avait fait quelques minutes plus tôt, sourit en elle-même du goût du poulet mélangé à la douceur du pain. Manger avait calmé son ventre avant de retomber dans un profond sommeil réparateur.

* * *

La lumière scintillait à travers les fenêtres, un soleil d'hiver flamboyant enveloppa Marlene et Gabriela, les réveillant toutes les deux, annonçant au monde qu'un jour nouveau s'était levé. Un petit coup fut frappé à la porte, et Marlene, enroulée autour de sa fille, se leva tandis que les yeux de Gabriela suivaient ses mouvements. De l'autre côté de la porte, un plateau avait été déposé sur le sol, avec un verre de lait, une tasse de café, des petits pains, de la confiture et du beurre. Elle sourit. Les larmes avaient fait gonfler ses yeux, elle les frotta puis apporta le plateau sur le lit. Gabriela était assise, souriante, le visage rayonnant.

Elle avala le lait pendant que Marlene buvait son café chaud, chacune se régalant des douceurs du matin. Marlene l'aida à étaler du beurre frais et de la confiture sur les tartines, et regarda l'enfant dévorer la nourriture, la confiture dégoulinant sur son visage comme du maquillage. Elle rit, prit une serviette et essuya le visage de sa fille quand elle eut fini. Chaque miette avait été engloutie. Gabriela descendit du lit et se dirigea vers la salle de bains, où après avoir fait pipi, elle fixa la douche et la désigna du doigt. Marlene gesticula en réponse et montra le robinet d'eau, puis leurs vêtements qui avaient besoin d'être enlevés. Gabriela hocha la tête, et rapidement elles retirèrent leurs vêtements de nuit.

Quand l'eau fut assez chaude, Gabriela prit la main de Marlene et la conduisit sous la douche avec elle. Elle s'était accrochée à la jambe de Marlene pendant que l'eau chaude descendait en cascade sur sa frêle silhouette. Marlene prit le gant de toilette et doucement savonna son corps menu. Puis elle lava ses cheveux qui n'avaient pas été lavés depuis si longtemps. Elles restèrent sous la douche un long moment, laissant l'eau s'écouler sur leurs peaux jusqu'à ce qu'elle devienne trop froide. Marlene ferma le robinet, attrapa des serviettes, les enveloppa autour de sa fille et, la tenant près d'elle, lui sécha les cheveux et le corps. Elle en fit autant pour elle. Elle eût un temps d'arrêt en voyant une lueur sur le visage de sa fille, qui commençait quelque chose de grand dans sa petite vie.

Quelques instants plus tard, habillées, elles étaient dehors, main dans la main, une femme forte qui ne parlait qu'anglais et une minuscule créature roumaine sourde et muette. De loin, elles étaient assez complémentaires, comme s'il s'agissait de deux pièces de puzzle égarées qui venaient d'être retrouvées, et se complétant enfin offraient une sensation de plénitude et d'achèvement. Marlene héla un taxi pour l'aéroport. Dans son sac, il y avait deux billets pour Londres Heathrow. Alors que chacune, dans l'expression de son visage, semblait sérieuse et concentrée sur l'instant présent, quelque chose de plus subtil se jouait, symbole de ce moment unique dans leurs vies. Elles se donnaient la main, une petite main dans une grande main, unies pour se réaliser. L'une ne savait pas ce qu'était être une mère, l'autre n'avait jamais appris à parler, et les souvenirs de sa mère biologique avaient disparu. Mais elle serrait la main de la femme à côté d'elle, cette grande dame avec de longues mains. Quelque chose l'émouvait, quelque chose dont elle n'avait jamais fait l'expérience du haut de ses presque 3 ans sur cette planète.

* * *

Elle se sentait secouée, se balançait sur une musique intérieure, une force qui la poussait, doucement. Cette femme, elle en avait besoin, elle la voulait, sa vie en dépendait. Elle avait des sentiments forts qu'elle était incapable de nommer. Si elle avait parlé, elle aurait dit « Maman » mais dans l'incapacité d'entendre ou de parler, elle n'avait pas de mot pour Marlene. Parce qu'il n'y avait pas de langage qu'elle pouvait comprendre venant de la bouche de cette femme, qui lui tenait la main fermement en montant dans une voiture blanche qui traversa les rues de la ville animée, et l'emmenait, sans savoir où elle allait.

Elle n'avait pas idée qu'elles allaient s'envoler dans une de ces choses dans les airs, ni qu'elles finiraient en Angleterre, puis, un peu plus tard, qu'elles prendraient un avion beaucoup plus grand encore pour un voyage beaucoup plus long vers une destination beaucoup plus lointaine. D'une certaine façon, elle savait dans son cerveau d'enfant que cette aventure ne faisait que commencer. Elle ressentait comme des larmes en elle, mais qui ne pouvaient pas sortir. Elle sentait son cœur s'ouvrir, et c'était quelque chose de beau. Une force instinctive intrinsèque lui ordonnait de tenir fermement cette main, l'immense et douce main de cette dame qui la chamboulait, la bouleversait, qui la conduisait d'une étape à la suivante, d'une phase de sa vie à l'autre.

CHAPITRE 18

Depuis son wagon, Thérèse regardait la France défiler à toute vitesse. Elle se sentait vide sans le violon à ses côtés. Elle trouvait qu'après cette première trouvaille, elle percevait le monde et elle-même différemment. Elle ressentait un sentiment de plénitude pour avoir retrouvé un objet qui réunirait une famille. Elle n'avait jamais pu rassembler sa propre famille. Elle n'avait jamais pu trouver de solution à l'instabilité mentale de sa propre mère, après la mort de laquelle elle avait ressenti une telle douleur dans son cœur que celle-ci la transperçait tous les jours comme la plaie faite d'un couteau finement aiguisé.

Elle rejouait dans sa tête tout l'épisode à Paris, les conversations avec la famille aux États-Unis, les soupirs, la joie, le soulagement, l'amour. C'était de l'amour dans ce violon, se dit-elle, de l'amour qui avait survécu aux atrocités qui avaient accablées ce foyer. Par la gravure dans le bois ancien, l'amour avait été transmis d'un être à un autre. Elle souriait, un large sourire qui illuminait son visage. La lumière coulait du monde extérieur vers elle à travers ses pommettes saillantes et éclairait un espace-temps où l'amour résonnait dans l'entièreté de son être. C'était de la résilience, non pas dans un sens héroïque, mais plutôt comme un besoin de se connecter, de remettre les compteurs à zéro, de permettre à une lignée de continuer son chemin avec du sens.

C'était cela la valeur de ce travail, trouver ces instruments, révéler un amour si fort qu'il ne pouvait pas être asservi. Je vais continuer cette recherche d'instruments, où que cela m'emmène.

Cette résolution fermement ancrée dans sa conscience, elle ferma les yeux et laissa la campagne dériver en silence. Les balles de foin roulées se fondaient dans le vert de l'herbe qui sortait de terre, la vie perpétuant la vie. Le sommeil envahissait son être épuisé, son paysage intérieur prit la forme d'une vie dévoilée. Sa respiration devint lente et lourde comme le rythme du train qui l'emportait dans un rêve.

Ses cheveux voletaient dans le vent, les mouvements doux de ses mèches sombres lui couvraient le visage. Elle tenait quelque chose dans ses bras, non, il y avait quelque chose dans chacun de ses bras. Dans l'un, il y avait quelque chose fourré dans une couverture, un enfant, un bébé peut-être, endormi, couvert et protégé, et dans l'autre, il y avait un violon, un morceau de bois courbe qui n'avait pas encore été verni. L'instrument inachevé, était posé précautionneusement dans sa main gauche. La femme contemplait un océan, un vaste étendu d'eau où voguaient ses pensées, son visage paisible, elle semblait tenir là tous les rêves de sa vie. Le vent tourbillonnait autour d'elle. Elle affichait une expression de contentement absolu.

Le chef de train secoua Thérèse pour la réveiller. Ils étaient arrivés à Grenoble. Elle rassembla rapidement son manteau et son sac à main et descendit du train, dans le brouillard, à moitié endormie, toujours dans l'espace de son rêve.

Tandis que le froid s'infiltrait dans son corps fatigué, Thérèse se traîna jusqu'à sa voiture dans le parking. Elle démarra le moteur, mettant le chauffage à fond jusqu'à ce qu'elle soit prête à partir. Une fois sur l'autoroute, en sortant de la ville, son esprit recommença à errer et se concentra sur son rêve, et sur Marlene qui semblait être la femme de ce rêve. *Encore une fois, elle apparaissait. Pourquoi maintenant ? Elle revient dans mon esprit, mes rêves, toujours à des moments charnières, comme si elle était un talisman reflétant une étape du chemin dans ma vie. Le bébé... le violon...* Elle imagina ce que cela serait d'avoir les cheveux de cette femme dansant sur son visage en plein vent. Un berceau était le mot qui lui venait, les enfants attendus et aimés, le violon, l'océan, les forces de la nature rassemblant tout cela.

En conduisant, elle ressentit le désir fugace de tendre la main, pour toucher celle de Marlene, caresser les lèvres de cette femme qui continuait à revenir dans ses pensées quand elle s'y attendait le moins. Un éclat de chaleur irradia Thérèse qui se rapprochait de sa maison, la route familière en haut à la sortie de l'autoroute, après le petit village, traversant des champs nus et des petites fermes, jusqu'à son arrivée devant la porte d'entrée solide et rassurante.

Une fois passé le seuil, après son habituel soupir de décompression, signe de son arrivée à la maison, elle fila directement dans son lit, sans même enlever un seul vêtement à part ses chaussures, s'effondra dans sa couette moelleuse et laissa le monde du sommeil l'entourer, recouvrant les coins et recoins de tout ce qu'elle avait éprouvé ce jour-là.

CHAPITRE 19

Le tumulte à l'aéroport international Aurel Vlaicu de Bucarest avait bousculé leurs sensations. Sons, odeurs, cacophonie de vies frénétiques déversées devant elles. Marlene regarda l'horloge sur les panneaux d'embarquement. Malgré sa faible connaissance du roumain elle réalisa qu'elles étaient en retard, que les portes d'embarquement fermeraient dans dix minutes. L'employé de l'aéroport lui indiqua qu'il lui en faudrait au moins onze pour y arriver et embarquer à temps. Elle prit Gabriela dans ses bras et commença à courir. L'adrénaline soutenait son corps épuisé par le décalage horaire, l'enfant rebondissait comme un ballon dans ses bras au rythme de ses foulées, les yeux grands ouverts sur tout ce qui se passait.

Trente secondes avant la fermeture, Marlene présenta ses billets au guichet devant un préposé intimidant au regard consterné qui déchira ses cartes d'embarquement, lui rendit le talon, et ferma les portes derrière elles. Tenant toujours Gabriela, elle se jeta dans son siège, essoufflée, la sueur dégoulinant de ses aisselles, sous ses seins, jusque sur son ventre. Une hôtesse de l'air lui parla en roumain et pointa sa ceinture de sécurité non attachée. Gabriela regardait autour d'elle, les gens à côté d'elle, et quand Marlene l'eut atta-chée, elle regarda par la fenêtre les immenses ailes de l'avion prêt à prendre son envol. Elle s'agrippait à la main de sa mère, qui transpirait encore, s'y cramponnant fermement. Marlene, prenant une profonde respiration, la serra en retour tout en laissant son soulagement s'évacuer par tous les pores de sa peau.

En moins de deux jours, je me sens si unie avec cette petite. Cette fusion est accaparante. Elle sourit, parce qu'en fait, elle adorait cette idée.

Alors que Gabriela regardait par le hublot, le regard absorbé par les ailes, Marlène tenait toujours sa petite main. Chaque étape de ce voyage était monumentale. Elle le sentait, et elle était persuadée que son enfant le ressentait aussi. Elle observa cette petite fille qui semblait étourdie de plaisir. Marlene percevait son propre vertige, l'expérience en elle d'une connexion primitive, une symbiose la liant à un autre être humain. Soudain la peinture de Berthe Morisot lui revint en mémoire : le regard angélique de la mère vers son enfant. Et alors que l'avion commençait à s'éloigner de la porte d'embarquement, puis qu'il prenait place dans la file d'attente et décollait finalement dans le ciel trouble de Bucarest, entamant une lente puis rapide ascension au travers des nuages, Marlene se mit à pleurer. Les gouttes salées se mélangeaient à ses sourires, et tombaient sur la main délicate de la petite. Gabriela se tourna vers sa mère et vit les larmes. D'une main, elle les essuya, tandis qu'elle posait l'autre comme un soutien, sur le bras de Marlene. Cette dernière sourit en sentant cette petite main se coller à son bras comme un ciment humain que rien ne pourrait jamais détacher.

Gabriela retourna à la contemplation des ailes de l'avion. Marlene, quant à elle, ferma les yeux et savoura la plénitude de ce moment de paix, ayant la certitude qu'elle était exactement là où elle devait être. Flottant dans sa conscience, apparut l'image de Thérèse, forme vaporeuse sans détails, et bien que les contours en aient été flous, elle vit qu'elle tenait quelque chose dans ses mains. Il y avait sur son visage un sourire, une expression chaleureuse de joie, d'invitation, de bien-être. Marlene savoura cette image et sentit un rayonnement chaud en elle qui lui donna la sensation de fondre, de se fondre dans les trames de l'existence de cette autre

femme. Il y avait une pérennité à tout cela, à ces apparitions récurrentes de Thérèse. Comme Marlene s'assoupissait, elle se souvint
que sa collègue et amie Juanita lui avait dit un jour : « N'oublie
jamais que la vie est belle. » Sa voix résonnait en elle comme un
poème quand le sommeil arriva et la dirigea vers une autre destination. Les yeux de Gabriela aussi devenaient lourds et se fermaient,
elle s'endormait. Ses mains doucement posées au contact du corps
de sa maman, déjà endormie.

CHAPITRE 20

La vie de Thérèse en tant que psychiatre était aussi effrayante que sublime. Il y avait des moments où elle devait respirer profondément en écoutant les histoires poignantes de ses patients. Son travail était haut en couleur, et chaque matin, depuis ses premiers jours d'internat, fraichement sortie de l'école, jusqu'à aujourd'hui, au moment où elle entrait dans son bureau, sa tasse de café à la main, elle ne savait jamais quelle histoire elle entendrait ce jour-là.

Une patiente lui avait dit qu'elle était faite pour son métier, qu'elle avait trouvé sa mission de vie à l'écoute des autres, celle d'être un roc dans la vie des gens. Thérèse fut surprise par ce commentaire tranquille de la part de cette patiente qui avait travaillé avec elle pendant plus de dix ans, s'épanchant chaque semaine consciencieusement sur les horreurs qui avaient structurées sa vie. Quand elle décida de terminer son travail avec Thérèse, elle laissa dans l'air un sentiment d'admiration, mais aussi d'émerveillement sur la façon dont la guérison était arrivée, sur ce travail hebdomadaire difficile qui avait produit un résultat si bénéfique, une vraie réussite dans la façon dont elle regardait la vie à présent. C'était comme si un mur en béton avait été détruit et avait laissé la place à un rideau de lin délicat, flottant dans la brise. Elle se souvenait avec précision de ce dernier jour où patiente et thérapeute pleuraient ensemble, ce sentiment d'achèvement enfin atteint, le sublime de l'association de la guérison et des épouvantables horreurs d'une vie malmenée.

Pendant toutes ces années où elle avait effectué ce travail, mis en œuvre cette écoute, elle avait réalisé qu'en effet, elle avait une vocation, quelque chose qui allait au-delà de ce choix de carrière. Elle savait que la maladie mentale de sa mère était intégrée dans son psychisme, qu'il y avait eu parfois des patients présentant un scénario similaire à son propre passé. Quand cela arrivait, Thérèse sanglotait intérieurement sur sa propre perte, les souvenirs du suicide de sa mère revenant la tourmenter. Dans son monde professionnel, lorsque les mots ou les comportements d'un patient suscitaient une réponse personnelle, souvent inconsciente, chez le thérapeute, on parlait de « contre-transfert ».

Au-delà du terme technique, Thérèse trouvait réellement en elle une résonance avec ses patients, une sorte de douleur, une angoisse reptilienne. Sans leur dire un mot de son passé, bien sûr, Thérèse remplissait sa mission en écoutant, en guidant chacun vers sa propre guérison, les libérant de ce qui les avait retenus prisonniers.

Chaque fin de journée, quand elle se glissait dans sa Citroën, démarrait le moteur, et sortait de Grenoble pour prendre l'autoroute, elle poussait un soupir de soulagement systématique parce que la journée était terminée, satisfaisante certes mais néanmoins épuisante. Elle se demandait souvent à quoi cela pouvait ressembler d'être danseur, sur scène, après la fin de la représentation et de recevoir des applaudissements venant de toute part, des fleurs jetées sur la scène, et encore plus de fleurs dans la loge. La douleur était une chose insidieuse. Elle était si immense qu'elle avait l'impression de traverser les hémisphères tous les jours à son travail. Quand enfin elle pouvait soupirer dans sa voiture et commencer son trajet pour rentrer chez elle, elle allumait toujours la radio. Elle adorait les haut-parleurs de sa voiture qui avaient une merveilleuse qualité sonore. Alors les notes des symphonies l'enchantaient, chaque nuance était saisie, la mélodie venait à ses oreilles, ses oreilles ajustées subtilement recevaient chaque note comme des cadeaux offerts pour son anniversaire.

Puis Thérèse entrait dans son chalet et lançait cérémonieusement son chapeau, ses gants et son écharpe chaude. Elle adorait l'odeur de sa maison. Elle déboutonnait sa veste et se dirigeait vers son téléphone où aujourd'hui une lumière clignotait. Quelqu'un lui avait laissé un message.

« Bonsoir madame. Je viens d'apprendre qu'un monsieur Havre, propriétaire d'une boutique à Lausanne, a récemment acquis un violoncelle qui exige notre attention urgente. Avez-vous la possibilité de vous y rendre dans les prochaines vingt-quatre heures ? Si c'est le cas, il faudrait un peu d'argent, bien sûr en liquide. Le nom de la boutique est « Havre etc. ». Ils sont ouverts jusqu'à 17h30 le vendredi. L'adresse est : 44 rue des Petites Roses. S'il vous plaît téléphonez-moi dès que vous recevez ce message. En attendant, je vais les prévenir que vous serez là. »

Le vertige saisit Thérèse. *Une nouvelle recherche d'instrument. La chasse au trésor continuait.* Pensa-t-elle en réécoutant le message, aimant l'urgence de cette quête, l'urgence de retrouver tous ces instruments. Vendredi… C'était le lendemain ! Elle devait travailler une demi-journée, et serait ensuite libre pour prendre le train vers Lausanne. Elle fouilla dans son tas de dépliants d'horaires de trains, trouva le Grenoble-Lausanne tout en bas. Un train partait à 11 heures et un autre à 14 heures. Trois heures de voyage. Elle avait un patient de onze heures à midi. Elle pouvait prendre celui de 14 heures, puis un taxi de la gare jusqu'à la boutique pour simplifier, et elle serait dans les temps. Elle eut une sensation de déjà-vu, se rappelant comment elle avait atterri au magasin de Grenoble la dernière fois.

Cette nuit-là fut une nuit pleine d'insomnies, car ses pensées tournaient en boucle autour du violoncelle. Son excitation avait encore augmenté après avoir eu Jacob au téléphone. Il lui avait dit qu'une femme au foyer, mal fagotée, d'un âge certain, avait apporté le violoncelle ce matin-là. Elle avait dit au propriétaire du magasin que son fils refusait d'apprendre à jouer, et que cela prenait trop de place dans leur petite maison.

« Ce sont les instruments de ceux qui ne connaissent rien à la musique, rien à la valeur ni à la beauté de l'objet, ce sont ceux-là qui nous intéressent, avait-il rappelé à Thérèse. Ces instruments-là sont souvent ceux qui ont été volés et donnés d'une manière ou d'une autre à des mains ignorantes. »

Alors qu'elle était allongée dans son lit, Thérèse ruminait sur ce dernier point. Être ignorant de la musique, avoir acquis, d'une façon ou d'une autre, un de ces bijoux volés, et ne rien savoir de la beauté qu'ils renfermaient. Elle ne savait pas ce qui constituait le crime le plus grave : avoir en sa possession les biens d'une autre famille ou posséder un instrument dont on ne savait pas jouer. *Quand les instruments de musique deviennent des marchandises, leur éclat se perd. Cela ne suffit-il pas qu'ils aient été volés ?* Pour chacune de ces trouvailles mystérieuses, elle réalisa que penser que cette merveille avait été laissée de côté, tripotée par des mains rugueuses, calleuses, naïves, jetée dans des coins poussiéreux, abandonnée à des oreilles qui ne connaissaient rien à la musique, était comme du sel sur une plaie ravivant la douleur.

À 14 heures le lendemain, billet en main, Thérèse s'assit à sa place dans le train et regarda Grenoble disparaître doucement en souriant. Le solide serpent métallique manœuvrait à travers les montagnes, se dirigeant vers Chambéry, dernière étape française. Elle adorait les montagnes, l'immensité qui l'entourait, les sommets majestueux des Alpes qui ne cessaient d'élever son esprit. Elle somnolait, très fatiguée, mais ses yeux refusaient de se fermer pour de bon parce qu'elle voulait continuer à observer le paysage. Alors que le train déambulait dans les tunnels, sa masse traçant son chemin vers la Suisse, elle pensa au violoncelle qu'elle allait toucher, ses doigts sur ses touches, l'archet dans l'autre main. Elle s'imaginait penchée vers l'instrument comme si c'était son amante, sentant le bois pénétrer son âme en créant la beauté, une musique qui retentirait et résonnerait jusqu'au sommet des Alpes.

* * *

Le voyage vers Lausanne fut un somptueux spectacle d'enchainements de sommets de montagnes. À seulement 500 mètres, la ville majestueuse et animée l'accueillit, alors que ses yeux commençaient vraiment à se fermer, prêts pour une sieste prolongée. Arrivé à Lausanne, le terminus, le train s'arrêta dans un fin chuintement. Thérèse se précipita alors hors de son siège sur le quai. Elle héla un taxi. C'était vendredi après-midi, aux heures de pointe, la circulation était bloquée, et le trajet de cinq minutes en prit vingt-cinq. À 17h25, Thérèse arriva au 44 rue des Petites Roses pour lire, coincé sur la porte de la boutique, un mot manuscrit :

« Fermeture anticipée et imprévue du magasin aujourd'hui en raison d'une urgence familiale. Réouverture dans une semaine. »

Thérèse sentit les larmes monter. Elle avait des souvenirs clairs de son épisode grenoblois glacial.

Elle frappa très fort sur la porte. Puis encore plus fort. Tout ce qu'elle entendit fut ses propres soupirs déçus, et tout ce qu'elle ressentit fut la douleur de ses articulations. Une femme passa, regardant Thérèse et son entêtement devant la porte fermée.

« Sa femme va avoir un bébé. Il a dû partir en avance car les contractions ont commencé plus tôt que prévu murmura-t-elle, non pas pour l'informer mais apparemment pour calmer l'insensibilité de cette femme étrange qui n'arrêterait pas de taper sur cette porte au risque de la faire s'effondrer à tout moment.

– Merci, madame. Avez-vous une idée de l'hôpital où elle pourrait être ? Je suis une parente, et je viens de loin pour m'occuper d'elle une fois que le bébé sera né.

La femme la fixa avec incrédulité. Elle n'avait pas l'air de croire à cette histoire.

– Vous êtes française marmonna-t-elle dans sa barbe. Les Français sont toujours si impétueux. Hôpital des Vierges Bénies, dit-elle en partant. »

Son visage reflétait le dédain et l'hostilité.

Thérèse marcha vers la route principale et héla un taxi. En trente minutes elle était à l'hôpital des Vierges Bénies.

Elle répéta son histoire à l'agent de service et raconta à la jeune femme blonde qu'elle était une cousine proche de madame Havre, qu'elle aimerait attendre avec monsieur Havre jusqu'à l'arrivée du bébé, et que madame Havre lui avait personnellement demandé d'être présente à la naissance de son enfant.

– Ah oui, madame, bien sûr répondit-elle d'une petite voix douce. Ils sont dans le secteur naissance, au neuvième étage.

– Merci, sourit Thérèse, et quand elle fut montée dans l'ascenseur, là, toute seule, elle se maudit à voix haute, se demandant quoi faire avec son mensonge ridicule.

Alors qu'elle sortait de l'ascenseur, le neuvième étage l'accueillit par des cris épouvantables provenant des chambres où ses nourrissons arrivaient dans ce monde, en général sans hésiter.

Elle trouva facilement la réception, où un groupe de femmes semblait étonnamment calme dans un lieu où le drame se déroulait vingt-quatre heures sur vingt-quatre.

– Excusez-moi, madame ? Je cherche la chambre de madame Havre.

– Vous êtes ?

– Sa cousine. Je suis aussi sage-femme. Madame Havre m'a demandé d'être présente à la naissance, et comme le travail a commencé plus tôt que prévu, je n'ai pas pu arriver avant. Je viens de finir d'assister une naissance à Chambéry.

– C'est intéressant. Madame Havre n'a pas mentionné qu'une sage-femme avait été appelée pour l'accouchement.

Thérèse transpirait tandis que l'histoire dans son esprit se déroulait si facilement. Jamais de sa vie elle n'avait menti comme cela. La réceptionniste appela l'infirmière en chef, et une femme ronde dans une blouse rose layette se pencha à la réception.

– Votre nom, s'il vous plaît ? demanda-t-elle avec autorité.

– Thérèse, Thérèse Le Duc.

– Madame Le Duc, une complication est survenue pendant l'accouchement. Le cordon ombilical est étroitement enroulé autour du cou et vous arrivez au bon moment. S'il vous plaît, mettez rapidement cette blouse et rejoignez-moi dans la chambre 9.

Thérèse entra dans le vestiaire au bout de l'allée, ôta rapidement ses vêtements et enfila la blouse bleue, sentant son cœur battre irrégulièrement tout comme sa respiration. Son visage était devenu rouge vif.

Elle se souvint alors qu'un de ses patients, il y a des années, un obstétricien, lui avait décrit exactement le même problème. *Réfléchis ma fille, pense, murmura-t-elle. Rappelle-toi exactement ce qu'il t'a dit* !

Tandis que Thérèse trébuchait dans le couloir jusqu'à la chambre 9, des cris incessants fusaient de toutes parts pendant qu'elle était emmenée par les infirmières.

– Où est monsieur Havre ? demanda Thérèse innocemment, mettant ses gants.

– Endormi à poings fermés, affalé sur une chaise dans la salle d'attente, répondit l'une des infirmières.

Toute l'équipe de naissance se mit à rire. Une entrée parfaite pour Thérèse.

– C'est donc un problème d'enroulement du cordon ombilical très étroitement serré autour du cou ? demanda-t-elle, fière de s'être souvenue de la terminologie correcte.

– Oui, répondit l'infirmière en chef.

– Avez-vous vérifié le rythme cardiaque du bébé ? Un problème avec la circulation sanguine ?

–Tout est normal.

Thérèse réalisa à ce moment que tous les yeux étaient braqués sur elle. Le médecin avait dû sortir de la pièce, car une mère, dans une chambre au fond du couloir, était en train de faire un arrêt cardiaque, et il avait dû verrouiller automatiquement les autres accès pendant que l'alarme code bleu sonnait.

La sueur lui sortait par tous les pores, et elle commençait à dégager une odeur très désagréable.

– Qu'elle continue à pousser. Dès que la tête sera sortie, nous pincerons et couperons le cordon avant que les épaules n'émergent. Laissez-moi voir si je peux desserrer le cordon.

Thérèse enduit son gant de lubrifiant, plongea sa main dans le ventre de madame Havre et sentit une masse dure. L'adrénaline traversa son corps en sentant une tête, un petit être replié, une nouvelle vie prête à sortir. Le temps se suspendit dans la salle à ce moment-là, alors que Thérèse trouvait le cordon ombilical, effectivement enroulé serré comme un élastique autour du cou du bébé. Sans réfléchir, elle chuchota quelque chose dans l'ouverture vaginale, une prière pour libérer ce qui bloquait le chemin vers la naissance. Comme les doigts d'une musicienne, qu'elle n'avait jamais utilisés ainsi de toute sa vie, ceux de Thérèse étaient devenus d'une grande agilité alors qu'elle attrapait le cordon, trouvait ses contours glissants et le déroulait autour de sa propre main comme un fil de soie. Sans avoir suivi un seul cours, sans même jamais avoir touché un nouveau-né, elle relâcha instinctivement le cordon, le faisant glisser comme un serpent, laissant libre le passage de l'enfant à la mère. Elle sortit gracieusement sa main, comme une danseuse exécutant magnifiquement une performance, et dit tranquillement, avec une certaine fermeté dans la voix :

– POUSSEZ, de toutes vos forces, le voilà ! Encore une dernière fois !

Thérèse mit la main sur le ventre de madame Havre qui haletait et hurlait et haletait et hurlait. Tout le monde transpirait dans cette pièce. Les odeurs primitives du féminin enveloppaient cet espace sacré, pendant qu'arrivait ce petit enfant, une fille, qui immédiatement s'accrocha au sein de sa mère, laquelle reprenait sa respiration, souriait et soupirait de soulagement.

L'infirmière sortit de la pièce pour réveiller le père. Il ouvrit les yeux et courut vers sa femme. Il souleva sa fille, devant tous ceux qui étaient présents, rayonnant. Thérèse se tenait dans un coin de la chambre, souriant, se demandant comment elle en était arrivée là.

– Nous devons remercier la cousine de votre femme, Thérèse, qui a sauvé votre fille. Le médecin avait une urgence à gérer et votre cousine, en sage-femme experte, a sauvé cette enfant. Sans elle, cela n'aurait pas été possible ! claironna l'infirmière en chef.

– La cousine de ma femme ? Elle n'a pas de cousine prénommée Thérèse ! Et personne dans sa famille n'a de lien avec une sage-femme, personne que je connais du moins.

Il tenait son bébé et roucoulait dans son cou pendant que sa femme dormait. Tous les regards se tournèrent vers Thérèse, qui aurait voulu disparaitre sous un lit d'hôpital.

– C'est vrai. Je ne suis pas sa cousine. Je suis venue pour le violoncelle, souffla-t-elle, ayant besoin, après tout ce temps, que la vérité soit dite.

– Le violoncelle ?

Monsieur Havre la regarda avec étonnement.

– Oui, monsieur. Vous avez parlé avec monsieur Bernovitch l'autre jour, le spécialiste, à Paris. Il vous a dit que je devais venir en fin d'après-midi pour acheter le violoncelle qui venait d'arriver. J'étais devant chez vous quelques instants trop tard et j'ai vu le mot sur la porte disant que vous seriez fermé pour la semaine. Je savais que je ne pouvais pas attendre. Beaucoup de gens comptent sur moi.

Monsieur Havre continuait à regarder Thérèse avec curiosité.

– Mais comment avez-vous su qu'il fallait venir ici ?

– Votre voisine m'a dit où vous étiez. J'ai menti et je lui ai dit que j'étais une cousine.

– Eh bien, eh bien ! s'est-il exclamé. Peu importe tout cela. Nous avions besoin d'une sage-femme, et vous êtes arrivée juste au bon moment.

– Je ne suis pas sage-femme non plus, souffla-t-elle.

Son visage devint écarlate. Elle voulait tellement se cacher sous ce lit, ou même mieux, fuir l'hôpital.

Madame Havre se réveilla, et eut l'air surprise.

– Ah bon, vous n'êtes pas sage-femme ? demanda l'infirmière en chef.

– Non.

La confusion de Thérèse se lisait sur son visage.

– Mais comment avez-vous su accoucher mon bébé ? questionna monsieur Havre.

Thérèse haussa les épaules.

– Je suppose qu'être une femme vous fait connaître ces choses.

Tout le monde se taisait. Alors madame Havre dit :

– Eh bien, elle a sauvé notre bébé ! Je ne vois pas comment on pourrait ne pas lui donner ce violoncelle, Antoine ! Et laissez-la rentrer chez elle, elle doit être épuisée. Moi je le suis.

– Nous appellerons notre fille Thérèse, qu'en pensez-vous, Mathilde ?

Madame Havre regarda son mari avec amour.

– C'est une très bonne idée. »

* * *

Thérèse était assise dans le train pour Paris. Dans le noir de la nuit, la machine se tortillait à travers des pics alpins grandioses. Le grincement répétitif des essieux créait un léger refrain dans ses oreilles tandis qu'une de ses mains était posée sur sa poitrine et l'autre sur le violoncelle à côté d'elle. Dormant à poings fermés, le visage souriant, elle murmura quelque chose d'inintelligible alors que son rêve était plein de bébés dans les bras de leurs mamans, en paix.

CHAPITRE 21

« Votre enfant est profondément sourde avec une perte d'audition de 99,8% à droite et de 99,9% à gauche. Elle a ce qu'on appelle une surdité neurosensorielle permanente, causée par de graves lésions de l'oreille interne, en particulier un dysfonctionnement cochléaire. Bien que nous ne puissions pas en connaître la cause avec certitude, je suppose que sa mère a eu la rubéole pendant la grossesse et que la maladie a été transmise au fœtus. Nous voyons cela souvent avec les enfants venant de pays où la vaccination contre la rubéole n'est pas systématique. La surdité est permanente, et l'atteinte organique si importante que même une chirurgie avec un implant cochléaire serait probablement inefficace.

Le médecin regarda Marlene droit dans les yeux.

— Mais la bonne nouvelle c'est qu'elle a aussi une santé de fer. Tous les résultats de tests pour le cœur, les poumons et le fonctionnement gastro-intestinal sont parfaits. Elle n'a pas de poux ni affection de la peau, ni aucune maladie contagieuse. Elle est beaucoup plus petite, en-dessous des courbes de croissance pour son âge, donc, il est très probable qu'elle soit née prématurément. Nous le voyons aussi très souvent avec les enfants adoptés, mais il arrive souvent heureusement aussi qu'un enfant récupère une taille et un poids normaux avec une alimentation saine et équilibrée accompagnée d'exercices adéquats. Nous devrons la vacciner avant que vous ne quittiez le Royaume-Uni, car selon nos dossiers, cela n'a pas été fait. Sans cela, elle ne pourra pas entrer aux États-Unis. Dans un instant une infirmière viendra vous voir et s'en occupera. Vous devrez ensuite réaliser le suivi avec votre médecin en Californie, dans les deux semaines suivant votre arrivée, pour compléter les vaccinations.

Marlene regarda Gabriela, qui jouait avec plaisir avec quelques briques de construction dans un coin. Elle édifiait une tour en se souriant à elle-même.

— Vous avez une enfant charmante. Elle a un comportement très agréable. Elle a, évidemment, traversé beaucoup de choses, mais « survie » semble être son deuxième prénom. Le médecin sourit.

— Avez-vous des questions ?

Il regarda Marlene chaleureusement.

— Je ne crois pas. Je veux dire, je devrais probablement. J'aurai sûrement des tas de questions une fois que je serai partie… Je suis si heureuse qu'elle soit en bonne santé. La surdité, oui, ce sera son odyssée toute sa vie, mais je vais l'accompagner et m'assurer qu'elle ne fera pas ce voyage seule. Il y a une excellente école pour sourds-muets en face de la baie où j'habite, à Berkeley. Et heureusement, je vis dans un pays où il est relativement facile d'accéder aux services pour les personnes porteuses d'un handicap.

— Apprendre la langue des signes pourrait être l'une des premières étapes pour elle et vous.

— Je pensais justement à cela moi-même. Vous lisez dans mes pensées. Je suis enseignante en maternelle et mon plan est qu'elle soit avec moi, dans l'école où je travaille, pendant ses années préscolaires. J'aimerais bien, aussi, aider cette école à devenir une école d'intégration en langue des signes, où tout le monde apprendrait ce langage afin que nous puissions attirer d'autres jeunes enfants de la baie de San Francisco. Je sais que mes collègues seront partants pour ce projet.

– C'est une idée fabuleuse.

Ils regardèrent tous les deux Gabriela qui était absorbée dans son monde imaginaire. À ce moment, elle prit des personnages : une mère et un enfant - une fille - et fit semblant qu'elles se trouvaient dans la même maison. Elles étaient apparemment inséparables. Elle fit faire un tour dans la maison à la mère qui emmenait la petite fille avec elle partout, en haut, en bas, des immeubles qu'elle avait créés, et les posa ensemble dans la maison de briques. L'enfant était continuellement attachée à la mère.

– Elle nous raconte toute l'histoire ainsi, n'est-ce pas ?

– C'est tout à fait ça, acquiesça Marlene… Merci beaucoup pour votre évaluation douce et complète, ajouta-t-elle.

– Avec plaisir. Votre fille est… une merveille. »

Le médecin lui tendit la main, serra la sienne et sortit. Ses pas résonnèrent dans le couloir. Peu après, une petite femme ronde en blouse blanche entra dans la pièce. Gabriela leva les yeux. La peur se lisait sur son visage.

– Bonjour ma chérie, gazouilla la femme de sa voix je-suis-super-sympa. Sur son visage, il y avait un faux sourire usé.

– Je vais devoir faire quelques injections, dit-elle en regardant Marlene. Pouvez-vous la faire s'asseoir sur la table ? Je ne peux pas piquer quand elle est assise par terre.

Marlene se baissa, posa sa main sur le dos de Gabriela et la caressa. Elle se déplaça vers la table. Gabriela regarda l'infirmière. Son visage était couvert de sueur. Un son guttural émanait de son corps menu. Elle se mit à crier, puis à hurler.

– Cette situation arrive-t-elle souvent ? » demanda Marlene à l'infirmière.

Sans dire un mot cette dernière sortit de la pièce. Elles entendirent ses pas s'éloigner sur le sol en linoléum. Gabriela retourna jouer et s'absorba de nouveau. Cette fois, elle choisit un nouveau personnage, une femme corpulente, et la petite fille la frappa et la cogna contre le mur. Quelques minutes plus tard, une petite femme vêtue de bottes de cow-boy entra dans la pièce. Gabriela la regarda par en-dessous en examinant ses bottes. Elle fixa les talons et les côtés du cuir. La femme s'agenouilla et regarda tranquillement le personnage que tenait Gabriela. Elle lui sourit, doucement. Son visage ressemblait à un oiseau souple et léger comme une plume, avec des cheveux blonds crépus qui partaient dans toutes les directions, comme s'ils étaient prêts à prendre leur envol. La lumière dans la pièce scintillait dans ses boucles, illuminant la jeune femme. Le regard de Gabriela ne cessait d'aller des bottes à la chevelure. Elle pointait son doigt vers les cheveux de la femme et toutes deux s'en amusèrent. La jeune femme lui prit la main et la garda une minute pendant que Gabriela la regardait attentivement.

L'infirmière en blouse blanche revint tranquillement dans la pièce avec une seringue dans sa main. Elle s'agenouilla à côté de Gabriela et, sans ciller, frotta son bras avec un antiseptique. Gabriela tourna la tête et cria à nouveau, lâchant la main de la dame aux bottes, elle se sauva sous la table en se roulant en boule.

Toujours avec beaucoup de douceur, la dame aux bottes et aux cheveux en plumes d'oiseau prit tranquillement tous les petits personnages du jeu de Gabriela et les plaça en demi-cercle autour d'elle. Elles s'assirent toutes les deux en face des autres sous la table. Gabriela chercha des yeux la jeune femme, puis parcourut d'un regard la petite assemblée de personnages. Elle prit celui qui représentait la maman et la fit s'asseoir à côté de celui de la petite fille. Gabriela fit comme s'il y avait quelque chose dans la main de la mère, et elle fit semblant de prendre cette chose et piqua dans le bras droit de l'enfant. Gabriela se composa un visage, un visage peiné, et la prétendue petite fille s'assit tranquillement, puis la mère enleva la chose, et de nouveau les personnages se rapprochèrent se collant l'un à l'autre.

Pendant tout ce temps, Marlene regarda cette scène avec

étonnement, émerveillée par la description de sa fille, sachant exactement ce qu'elle voulait et refusait.

« Je suppose qu'elle veut que vous le fassiez-vous-même, dit la dame aux bottes, lisant les pensées de Marlene.

L'infirmière demanda :

– Êtes-vous infirmière ?

– Non, pas du tout…

Puis la dame aux bottes se tourna, le regard implorant, vers l'infirmière.

– Je ne suis absolument pas censée faire cela, et si quelqu'un de l'extérieur s'en aperçoit, je vais perdre mon travail et peut-être devoir changer totalement de métier, dit-elle d'une voix à peine audible… Bon…allez, prenez la seringue, Marlene, je ferai tout le reste.

Alors, Marlene la saisit, et la dame aux bottes aida Gabriela à rester calme. Marlene frotta le bras de sa fille avec un coton imbibé d'alcool. L'enfant ne broncha pas. Puis elle pointa l'aiguille pour l'injection. Mais quand l'infirmière bougea sa main pour pouvoir piquer, Gabriela recommença à crier et à se recroqueviller comme un ballon vide sous la table.

– Ok, vous avez gagné Marlene. Si quelqu'un voit ça, ma carrière est terminée !

On ne pique pas dans la veine pour un vaccin, il peut y avoir des conséquences graves. Je vais vous montrer d'abord comment le faire sans aiguille. Et je vais vous préparer une marque au stylo qui indiquera précisément où injecter le vaccin…

L'infirmière prit le bras de Gabriela et fit un petit cercle sur sa peau avec son stylo. Gabriela observa ses gestes avec beaucoup de sérieux, ne bougeant pas une seule fois.

– Prête ? demanda l'infirmière. Respirez et allez-y ! »

Marlène, transpirant abondamment, prit l'aiguille, la plaça sur le repère tracé au stylo sur le bras, et avec une rapidité et une précision dont elle n'avait pas l'habitude pour elle-même, plongea l'aiguille dans le bras de sa fille. Alors, comme si un orchestre entier donnait son crescendo final, que les violons et les cymbales s'élevaient dans les airs annonçant le succès, elle ressortit l'aiguille et la tendit à l'infirmière qui fit un signe de croix. Puis la dame aux bottes mit un pansement sur la piqure, et Gabriela émit un petit gémissement.

L'infirmière marmonna quelque chose d'inaudible dans un souffle alors qu'elle jetait l'aiguille dans le contenant pour les déchets biologiques dangereux. Elle sortit de la pièce en poussant le plus gros soupir que Marlene ait jamais entendu.

Gabriela prit la main de sa mère et marcha avec elle jusqu'à la porte. Elle jeta un dernier coup d'œil à la dame aux bottes, fit un petit saut, sourit et sortit se pavaner dans le couloir. Marlène salua l'infirmière en passant, qui la regarda, contrariée, puis esquissa un rictus.

* * *

Le petit cerveau de Gabriela étudiait constamment son environnement et tout ce qui se passait autour d'elle. D'un seul coup d'œil, elle savait qui était son allié et qui son adversaire. L'infirmière appartenait à la deuxième catégorie. Il semblait qu'elle pouvait voir à travers son sourire en toc. Il y avait eu une infirmière à l'orphelinat, dans le personnel des relations extérieures, connue sous le nom de Ludmilla. Dans l'esprit de Gabriela, c'était un monstre dont la seule mission dans la vie était d'infliger de la douleur aux autres. Pour elle, cette femme avait toutes sortes de seringues, c'était sa raison d'être, en traversant les couloirs sombres. Sans rien connaitre du monde, Gabriela comprenait que cette femme était une sadique. L'enfant savait aussi que si elle criait très fort et suffisamment longtemps, ou si elle se cachait dans les recoins des chambres, sous les tables, prête à donner des coups de pied ou à mordre à tout moment, alors, elle pourrait échapper aux tortures que le monstre voulait lui infliger. Elle avait appris que la survie était ce qui comptait, et que pour survivre il y avait des choses à faire.

Dès qu'elle avait vu l'infirmière à Londres, tout s'était réenclenché, son cerveau s'était enflammé, un feu qui s'épelait *s-u-r-v-i-v-r-e et fais ce que tu as à faire pour éviter d'être piquée par une des aiguilles du monstre.*

Et puis, il y avait eu la dame aux bottes avec les cheveux sauvages. Elle, c'était une alliée. Elle avait compris. Sa maman, c'était la plus grande alliée de tous. Tandis qu'elle tenait la main de cette femme qui était maintenant sa mère, elle ressentait à nouveau cet élan d'amour, cet attachement. Elle ne quitterait jamais cette femme, et cette femme ne la quitterait jamais. Elle s'en assurerait. Les alarmes s'éteignaient quand cette femme aux grandes mains était près d'elle. Elle serrait fort sa grande main dans la sienne, voulant que cette main jamais ne la lâche. Jamais.

Toutes les deux, elles suivaient maintenant la file d'attente qui allait les faire entrer dans un avion plus grand que ce que cette petite enfant n'aurait jamais pu imaginer. Elle n'avait aucune idée de la destination bien que, peut-être, elle sentait que ce serait vraiment très loin. Peut-être savait-elle, vaguement, qu'elle ne reviendrait pas avant très longtemps à l'endroit où elle était née. Elle n'était pas assez vieille pour parler différentes langues, connaître différentes coutumes, elle n'était pas assez mature pour comprendre les concepts abstraits de la vie. Mais elle avait perçu qu'il s'agissait d'un grand moment, un très grand moment pour elle dans sa petite vie, et elle prêtait attention à chaque détail pendant que cela se passait. Elle était surexcitée, exubérante. Sous son regard attentif à toutes les petites choses autour d'elle – les expressions des gens, les boutons sur les sièges, les chaussures que portaient les hôtesses de l'air– de toutes ces choses importantes dans l'esprit d'une jeune enfant, elle était plus qu'heureuse. Elle était pleine d'un enthousiasme qui la faisait sourire, faisait sourire sa mère, et ensemble, elles débutèrent ce grand voyage avec des gloussements incessants pendant qu'elles s'enlaçaient et se câlinaient. Gabriela s'était assise sur les genoux de Marlene, s'enveloppant de son odeur de sueur et de lavande. Quand elle retourna sur son siège près de la fenêtre, sa ceinture de sécurité bouclée fermement autour d'elle, l'avion décolla et monta en flèche. Elle regarda par le hublot la vue qui s'étendait à l'infini. Alors qu'elle fermait les yeux, elle pensa : *La vie c'était comme ça, tout ça.* Puis elle les ouvrit encore une fois et laissa les nuages et le ciel et tout ce qui était autour la remplir de délices.

CHAPITRE 22

« Ce que nous avons ici est un violoncelle daté de 1680 fabriqué par Francesco Rugeri. Rugeri était très probablement un apprenti d'Amati à Crémone, en Italie. À cette époque, il avait renoncé à utiliser le bois de peuplier, essence basique qui donnait l'impression que ses instruments avaient été martelés. Ce qui, de l'avis des ignorants, leur ôtaient toute valeur. Bref, voici l'un des plus beaux chefs-d'œuvre qui n'ait jamais été créé dans le monde du violoncelle. »

Des soupirs collectifs remplirent la pièce. Thérèse, Jacob et Philippe s'assirent et restèrent pantois devant la merveille posée devant eux. Le cœur de Thérèse battait plus vite en regardant la pièce de bois qu'elle avait rapporté ce matin-là. Elle n'avait pas dormi depuis deux jours, ses cheveux étaient une masse de crin emmêlé et elle puait. Mais personne, à ce moment-là, ne la regardait ou ne prêtait attention à son odeur. Tout ce qui comptait était ce qui était devant eux, un violoncelle qui avait survécu plus de trois siècles.

« Joue quelque chose, s'il te plaît ! supplia Jacob, brisant le silence envoûtant.

Philippe ramassa l'archet de bois brûlé, lui aussi un chef-d'œuvre, et s'assit, coinçant le violoncelle entre les jambes. Il caressa les cordes et entama un simple morceau.

– J'ai un peu peur, je tremble ! dit-il. Jamais de ma vie je n'ai entendu un tel son !

– Continue. S'il te plaît. »

Il commença *la Suite No. 1* d'Ernest Bloch *pour violoncelle seul.* Des notes obsédantes résonnaient dans cette pièce, toutes tirées avec précaution par l'archet. Le son n'était pas seulement une épitaphe pour les morts, ceux perdus pendant la guerre, mais aussi un lien avec les vivants, au moment où la mélodie s'enfonçait dans leurs cœurs et s'y installait, comme une caresse.

Puis il enchaina avec la *Suite n°1 pour violoncelle* de Bach. Les notes décollèrent et s'envolèrent. Le mouvement de l'archet sur les cordes était si pétillant que seul un maitre violoncelliste pouvait accomplir une telle prouesse.

Pendant trente minutes, il joua sur le Rugeri, et pendant ces trente minutes, tous retinrent leur souffle. L'instrument était devenu vivant. Il semblait savoir qu'il était redevenu libre, comme s'il possédait un moi conscient et qu'il était de nouveau joué à sa pleine capacité, comme son créateur l'avait voulu.

Lorsque Philippe eut terminé, le silence envahit la pièce. C'est seulement à ce moment-là qu'ils prêtèrent attention au crépitement de la pluie sur les fenêtres. Les yeux de tous étaient humides de larmes, les notes résonnaient encore dans les oreilles et l'âme de chaque auditeur.

Après plusieurs minutes, Jacob se leva et alla regarder l'intérieur de l'étui. Il en sortit un morceau de velours qui recouvrait la partie en bois et trouva ce que, dans ses pensées, il était en train de chercher. À cet endroit, il y avait une feuille de papier, pliée, en lambeaux et amincie, où était écrit « *Solomon Herschel. 868, rue des Paysans Riches 75016 Paris* ».

Silencieusement, continuant sa quête, il alla prendre l'énorme classeur posé sur son bureau.

« M. Herschel est mort, aux côtés de son épouse Emilie, à Auschwitz, en février 1942.

Puis il alla à son deuxième classeur.

– Solomon Herschel était le violoncelliste en titre de l'Orchestre national de France.

Tous fixèrent le violoncelle. Leurs yeux figés sur le bois, les cordes, les courbes et les lignes qui s'entremêlaient. Quand les derniers mots les atteignirent, un soupir collectif emplit la pièce, tandis que leurs cœurs s'alourdissaient de chagrin.

Jacob regarda son troisième gros classeur. Les papiers étaient en bazar, mélangés et scotchés dans tous les sens.

– Il y a une survivante dans cette famille, une femme du nom d'Amélie Klein, qui est sa petite-fille. Elle vit à Auckland, en Nouvelle-Zélande. »

CHAPITRE 23

Le pont du Golden Gate surgit du paysage comme un feu sortant des profondeurs de la mer.

Marlene soupira. Elle -au pluriel désormais- maintenant elles, étaient à la maison.

Alors que l'avion plongeait courageusement vers l'océan Pacifique, avec ses ailes brillantes, Marlene remarqua que ses pieds tapotaient en rythme sur le sol, comme si elle était sur le point de danser follement dans les allées. Elle saisit la main de Gabriela pendant qu'elles regardaient par le hublot le bleu cristallin du jour. Le soleil scintillait venant de l'ouest sur l'immense étendue de l'océan devant elles.

Sans bagages à récupérer, leur sortie de l'aéroport international de San Francisco fut aussi simple que se jeter dans un taxi qui fila sur la route pour entrer dans la ville. Au début, la tête de Gabriela allait dans tous les sens dans des séries de va- et- vient. Le décalage horaire l'avait assommée, mais dès que la voiture sortit de l'autoroute et manœuvra sa descente sur Fell Street, ses yeux s'ouvrirent en grand et son visage se pressa contre la fenêtre. Elle fixa avec attention les rangées de maisons victoriennes alignées dans les rues en approchant du Golden Gate Park. Comme la voiture tournait à gauche sur Duboce Street, le cœur de Marlene fit des bonds. Elle avait fait ce chemin tant de fois, mais jamais dans sa vie elle n'avait ressenti autant d'excitation à la perspective de rejoindre sa maison si proche. Elle n'était partie que quelques jours, mais elle avait l'impression que cela avait duré une décennie. Ces derniers jours, elle avait tellement avancé. Elle s'était agrippée à cette petite qui serait avec elle pour le reste de sa vie. Elle savait maintenant ce que c'était que de compter dans la vie de quelqu'un et réciproquement. Peut-être que c'était le décalage horaire ou le manque de sommeil, ou le mélange des deux, mais il lui fallut toutes ses ressources intérieures pour contrôler cette envie de pleurer, et laisser sortir des sentiments qui la traversaient par vagues. Le taxi arriva enfin à son appartement.

Marlène regarda sa fille, qui lui avait lâché la main, en sortant de la voiture, et semblait absorbée par le voisinage. Elle fonça dans le jardin de devant en sautillant partout, puis à quatre pattes elle se faufila à travers les buissons, suivant le chat du voisin, un *ginger tabby* sans queue. Ils semblèrent s'entendre immédiatement. Le chat jouait un jeu de type « suivez-moi partout » et vérifiait que Gabriela restait dans son champ de vision. Marlene les regardait en souriant, sentant la simplicité naturelle de ce jeu : un chat sans jugement, une enfant sourde et muette qui venait d'atterrir dans un monde étrange et qui avait besoin d'un ami.

C'est précisément pour cela que j'aime les jeunes enfants, se dit-elle, la pureté de tout cela, cette expression universelle de l'émerveillement, leurs visages exprimant la joie de la nouveauté, l'art de la découverte dans la rencontre de nouveaux visages en sautant dans les flaques d'eau de la vie sans aucune des myriades d'attentes inévitables plus tard dans l'existence. Gabriela ira bien, se dit-elle dans son monologue intérieur, alors qu'elle essuyait des larmes coulant de son visage en souriant et tandis que sa fille, absorbée par le chat, riait et murmurait des sons inintelligibles que lui seul semblait comprendre.

* * *

Gabriela s'était fait son premier ami dans sa nouvelle vie. Elle avait déjà vu des chats quand elle était plus petite, égarée, perdue et objet encombrant dans une nature sauvage. Pour elle, ils étaient méchants, et elle les avait mis sur sa liste ne-pas-faire-confiance après avoir essayé sans succès de se lier d'amitié avec certains d'entre eux, jusqu'à se faire violemment griffer partout jusqu'au sang.

Celui-ci était différent. Celui-ci, celui qui n'avait pas de queue mais un museau amical. Gabriela mit donc ce chat sur sa liste mentale ceux-à-qui-on-peut-faire-confiance. Quand elle lui parlait, il semblait la comprendre, et jusqu'à présent, aucun être humain n'en avait été capable. Elle adora jouer à cache-cache avec ce chat à rayures orange qui était son premier ami dans sa nouvelle maison. Mais un gros chien arriva. Captivant l'attention de son propriétaire à triste mine ainsi que l'espace, il relégua le chat en haut d'un arbre. Gabriela réalisa que le temps du jeu était fini, elle courut vers sa mère, les joues rougies, et reprit sa main.

Elles montèrent les escaliers, sa maman ouvrit une porte dont elle avait la clé. Immédiatement, en passant le seuil, Gabriela respira quelque chose qui la fit se sentir accueillie. Elle ne savait pas ce qu'était que cette odeur, quelque chose comme l'odeur de la terre, ou peut-être quelque chose comme du vieux bois dont elle avait un vague souvenir enfoui quand très jeune, elle rampait à quatre pattes sur le sol de sa première maison avant la « grande maison effrayante ». Cela sentait si bon, cette nouvelle odeur, et peu importe ce que c'était, elle aimait. *Je vais garder cette odeur. C'est à moi maintenant.* Puis sa mère la conduisit dans une chambre avec un petit lit. C'était plein d'ours en peluche et il y avait un dessus de lit. Gabriela était perplexe quand elle entra dans la pièce. Elle ne s'y sentait pas à sa place.

Elle sortit, et vit qu'à côté de cette chambre avec les ours, il y en avait une autre, avec un lit plus grand et sans ours. Instinctivement, elle se jeta dessus, s'y écroula et renifla. C'était le lit où sa maman avait dormi. Elle dormirait ici aussi, décida-t-elle. Marlene sourit tandis que Gabriela s'étalait sur le lit. Elle enleva ses chaussures et celles de sa fille. L'une baillât et l'autre lui répondit par un énorme bâillement, puis les deux s'endormirent, les mains entrelacées pendant que le chat à l'extérieur descendait maintenant de l'arbre à la recherche de sa nouvelle amie.

* * *

Le soleil perçait à travers la fenêtre de la chambre alors que Marlene ouvrait les yeux sentant l'haleine chaude de sa fille toujours profondément endormie. Elle prit une douche et se débarrassa des odeurs du voyage. Tandis qu'elle se savonnait, elle sentait qu'un épuisement profond lui plombait les épaules. Elle s'essuya les cheveux, retourna au lit et s'enfonça dans un demi-sommeil. Gabriela ne bougeait toujours pas dans le lit. Vers 15 heures, elles se réveillèrent toutes les deux, toujours sonnées. Elles étaient toutes les deux trempées.

Gabriela, encore dans un état d'hébétude, avait fait pipi au lit.

Marlene la prit et la berça dans ses bras, puis elle l'accompagna sous la douche où toutes deux s'immergèrent dans le courant d'eau chaude, comme à l'hôtel de Bucarest. Marlene fit un shampoing à sa fille, et après l'avoir rincée pendant plusieurs minutes, coupa l'eau et l'enveloppa dans une immense serviette moelleuse.

Gabriela fit le tour de l'appartement, ce faisant, la serviette tomba au sol. Visiblement inconsciente de sa nudité, elle se retrouva dans le salon où elle se plongea dans un livre sur les chats qu'elle avait attrapé sur l'étagère. Elle avait un œil sur le livre et gardait l'autre sur sa maman, qui semblait préparer à déjeuner dans la cuisine attenante.

Marlene n'avait aucune idée de ce que Gabriela aimait manger. Jusqu'ici, elle avait mangé tout ce que Marlene avait mis sous son nez, un peu par désespoir, comme pour remplir des espaces vides. Elle cuisina des œufs brouillés, des toasts avec du beurre de cacahuète et de la confiture, quelques tranches d'oranges et de pommes. Elle nota mentalement, pour l'avenir, d'acheter du lait. Ce serait l'un des aliments de base de la maison maintenant. *Faire les courses prenait une toute nouvelle dimension.* Elle aimait son épicerie, et elle avait hâte d'en parcourir les allées pour choisir quoi manger pour elles deux. L'idée la rendit folle de joie. Elle beurrait le toast et elle regardait sa petite fille, nue et plongée dans un livre. Dans la commode qu'elle avait préparée avant de partir, elle retira un ensemble de sous-vêtements, une sélection de hauts, pantalons et leggings, une jupe, ne sachant pas comment Gabriela voudrait s'habiller. Elle déposa le tout devant elle. Gabriela leva les yeux et scanna les vêtements. Elle prit les sous-vêtements, les mit et regarda les possibilités de vêtements. Elle choisit une chemise orange, le legging marron et la jupe orange par-dessus. Marlene remarqua que l'orange était de la même tonalité que le chat d'à côté, le nouvel ami de Gabriela. Marlène sourit au choix de la tenue de sa fille. Elle l'aida à s'habiller. Elle lui tendit la main, l'invitant à la suivre dans la cuisine.

Gabriela s'assit et prit un morceau de pain grillé avec du beurre. Marlene lui tendit aussi une cuillère, ouvrit le pot de beurre de cacahuète, et laissa sa fille en flairer le contenu. L'enfant reposa la cuillère sur la table et à la place, enfonça toute sa main dans le pot, en léchant ses doigts et sa paume recouverts de la substance sucrée et granuleuse. Elle souriait en y replongeant la main. Quand elle eut fini, tout son visage était lumineux. C'est le beurre de cacahuète mélangé aux sourires heureux qui fit rire Marlene et rire encore alors qu'elle sortait un torchon pour essuyer la pâte couleur d'ambre qui recouvrait les mains et le visage de Gabriela.

Le repas terminé, Marlene changea les draps du lit. Gabriela alla dans l'autre chambre et sortit un à un tous les ours. Elle les aligna dans le salon, côte à côte. Elle produisit dês sons en mimant les avoir nourris de ce que Marlene soupçonna être du beurre de cacahuète.

Le téléphone sonna.

Marlene décrocha et entendit une voix familière.

«Holà !

— Ciao ! Marlene répondit au salut familier de sa collègue, Juanita.

— Raconte-moi tout !

Marlène ouvrit la bouche, se demandant comment décrire ce qui venait de se passer dans sa vie cette semaine.

— Non, ne t'embête pas à m'expliquer, interrompit Juanita en lisant dans l'esprit de Marlene. Amène-là. **Dès maintenant.** Nous devons absolument la rencontrer. Nous mourons tous d'envie de voir cette petite.

— Elle est sourde et muette. Complètement.

— Eh bien, parfait, cela nous obligera à nous taire pour une fois ! Nous pourrions prendre exemple sur un enfant muet pour apprendre, nous aussi, comment faire.

Elle rit à sa propre blague.

— Oh, elle peut quand même faire des sortes de son. Tu verras ! Marlene riait.

— Ça j'en suis certaine ! Probablement plus fort que nous tous ici.

Elles s'esclaffèrent tous les deux.

— Donc, mets des chaussures à cette petite et venez avec vos ravissants petons jusqu'ici. Les enfants viennent juste de se réveiller de la sieste. Tu nous as manqué.

— Tu m'as manqué aussi. D'accord nous arrivons. »

Marlene raccrocha le téléphone et s'assit à côté de Gabriela. Les ours dormaient tous ensemble en tas. Marlene tenait une paire de tennis et un sweat-shirt, qu'elle tendit à Gabriela tout en désignant la porte des yeux. Gabriela mit les chaussures, souriante, et laissa le sweat-shirt sur le sol en courant vers la porte. Tenant la main de sa mère, elle descendit les marches en courant, à la recherche du chat. Ne le voyant nulle part à ce moment de la journée, elle regarda Marlene qui lui montra la sortie puis la direction de l'école.

Dix minutes plus tard, des enfants de tout âge encerclaient Gabriela. Certains dormaient, certains étaient réveillés, d'autres faisaient pipi, certains changeaient leurs couches, d'autres dessinaient, certains réalisaient des constructions avec des briques. D'autres, enfin, mettaient leurs chaussures, prêts à sortir.

« Alors la voilà !

Juanita s'approcha et posa chaleureusement sa main sur la tête de Gabriela.

– Oh mon Dieu, qu'elle est jolie, tu ne m'as pas dit que c'était une mini reine de beauté ! »

Marlene sourit alors qu'une demi-douzaine d'enfants courait vers elle et l'embrassait.

– Tu nous as manqué ! criaient-ils, blottis contre elle.

– Vous aussi ! Mais regardez qui j'ai avec moi maintenant… Je vous présente ma fille. Elle ne peut pas vous entendre, car ses oreilles ne fonctionnent pas comme les vôtres. Mais ses yeux marchent très bien, et vous pouvez lui montrer des choses sans parler.

– Elle peut parler ? demanda un des enfants.

– Non, quand on ne peut pas entendre, c'est assez difficile de parler. Elle fait des bruits, c'est sa façon de communiquer. C'est une autre façon de dire des choses. »

Parmi les enfants, certains écoutaient sagement, intégrant cette nouvelle information. D'autres prirent Gabriela par la main et l'emmenèrent, comme si elle était une poupée, vers la zone des jeux de construction pour lui montrer les tours qu'ils érigeaient. Les yeux de Gabriela s'affolèrent, elle courut vers sa mère et s'agrippa à sa main. Marlene ne dit rien mais prit le temps de la câliner et elles rejoignirent ensemble l'aire remplie de blocs colorés. Gabriela tenait sa mère d'une main et utilisait l'autre pour empiler des briques en rejoignant le jeu avec les autres enfants.

Elle commença à construire une maison. En premier, elle mit en place des fondations en utilisant des briques rectangulaires. Une par une, elle sortit tous les gros quadrilatères du rangement. Elle les aligna soigneusement côte à côte avec la précision d'un architecte. Un autre enfant, à côté d'elle, construisait aussi un bâtiment. Il jeta un coup d'œil à la maison de Gabriela, et quand elle ne regardait pas, il prit l'une de ses longues briques rectangulaires. Elle lui sourit, grogna et reprit la brique.

« Mais tu as tout pris ! C'est pas juste ! cria-t-il.

Ses mains tendues vers elle étaient prêts à lui arracher les cheveux, ses ongles prêts à griffer. Marlene s'approcha, sentant la frustration de deux enfants. Elle ne connaissait pas la langue des signes, et elle voulait désespérément qu'ils trouvent un mode d'expression commun pour faciliter la communication.

Elle posa une main sur le dos de l'enfant et l'autre sur celui de sa fille.

— Mais elle a pris toutes les briques ! répéta-t-il. J'en ai besoin aussi, et elle partage pas.

— Voyons comment nous pouvons régler ce problème, suggéra Marlene. Gabriela est nouvelle ici, et elle ne sait pas encore comment les choses fonctionnent, mais toi, tu sais. Peut-être que tu peux lui montrer, sans utiliser de mots, comment ça marche ?

— Pourquoi je peux pas le faire avec des mots ? demanda l'enfant.

— Parce que les oreilles de Gabriela ne fonctionnent pas comme les tiennes. À cause de cela, elle ne peut pas entendre les mots que tu dis. »

L'enfant regarda Gabriela, et elle lui rendit son regard. À ce moment-là, aucune aide adulte n'était plus nécessaire, la communication non verbale, courante entre les jeunes enfants coula comme un poisson dans l'eau, libre et sans encombre. Ils continuèrent à se dévisager, et ce qui se passa entre eux fut indéchiffrable pour Marlene, mais à la fin de ce regard, tous les deux commencèrent à rire comme s'ils avaient partagé une blague secrète, un moment connu d'eux seuls qui leur permit de briser toutes les barrières. Gabriela donna une brique rectangulaire au petit garçon et ensemble ils bâtirent une maison. Chacun leur tour, ils construisirent des fondations, des murs, des fenêtres, et un toit. Puis ils rassemblèrent tous les animaux en peluche de la pièce, et après les avoir assis autour d'eux, continuèrent à construire, sans paroles. Ils créèrent un petit nid pour eux-mêmes et leurs enfants en peluche.

Cela dura environ trente minutes. Marlene demanda à ses collègues de venir et d'observer. Les professeurs, sans un bruit, s'extasièrent sur leur concentration dans le jeu.

— Waouh ! murmura Juanita à Marlene. Cela montre bien que la compassion peut aller très loin.

— Oui…

— L'échange est évident. Bien au-delà des mots…

Marlene était sans voix, hochant la tête.

— Cela me rappelle quand je suis arrivée dans ce pays et que je ne connaissais pas un mot d'anglais, continua Juanita. J'avais tellement besoin d'amis. À quatre ans j'en avais déjà conscience et j'ai fait ce qu'il fallait. Exactement comme ces deux-là.

Marlene regarda Juanita, sourit et posa la main sur son bras, en voyant les larmes monter soudainement des yeux de sa collègue.

— Nous devons proposer à tous ces enfants la langue des signes, murmura Juanita.

— Je pensais exactement la même chose. Mais nous devons d'abord l'apprendre. Parce que c'est nous, les adultes, qui sommes les plus lents dans nos apprentissages.

Juanita éclata de rire.

– Nous avons une réunion du personnel demain. Tu peux venir ? Nous pourrions en parler.

– Théoriquement je suis en congé jusqu'à lundi, mais oui, je viendrai. Si tu veux, on peut se parler ce soir au téléphone et préparer un projet ?

– Oui, appelle-moi quand tu seras disponible. Tu me connais, je suis au taquet et toujours au taquet et encore au taquet. »

Marlene riait encore quand Juanita sortit.

* * *

« Et notre troisième point à l'ordre du jour vient de m'être présenté ce matin. Tout d'abord, souhaitons chaleureusement un bon retour à Marlene qui nous manquait terriblement. Mais cela en valait la peine puisque, comme nous l'avons tous vu hier, elle nous a ramené son bijou de petite fille.

Susan, la directrice de l'école maternelle, adorée de tous, sourit chaleureusement à Marlene, qui rougit.

– Alors ! Et si Juanita et vous nous décriviez votre idée ?

La salle de réunion du sous-sol de l'église était légèrement sous tension. Tout le monde avait vu Gabriela et entendu parler du nouveau projet de Marlene et Juanita.

– D'accord, salut à tous ! commença Juanita, une modulation chantante dans la voix indiquant à ses collègues qu'elle allait parler sérieusement. À partir de ce soir, chacun d'entre nous va débuter l'apprentissage de l'ASL, qui signifie *American Sign Language*. Nous allons l'apprendre si parfaitement que même nos rêves seront en langue des signes.

Tout le monde sourit.

– Oui, bon, pas la peine d'être excessif…. Nous n'avons pas besoin d'un niveau qui nous permettrait de déclamer des poèmes ou de débattre en politique. Mais nous devons apprendre autant

113

voire un peu plus que les enfants de notre école. Parce que...

Elle se tourna vers Susan.

Celle-ci sourit et prit la parole.

— Parce que nous voulons faire de cette école une école maternelle d'immersion totale dans la langue des signes, où les parents pourront venir inscrire leurs enfants depuis toute la zone de la baie. Cette école sera la seule de la région à proposer cela, et, à travers ce projet, nous allons prodiguer une source importante de revenus pour l'école. C'est une solution gagnant-gagnant. Et nous commençons ce soir, d'abord avec un vote de confiance, puis avec notre première leçon. Nous avons apporté un support vidéo d'apprentissage de la langue des signes pour les jeunes enfants. Chaque professeur le recevra et nous aurons des leçons supplémentaires à chacune de nos réunions du personnel.

— Excusez-moi, puis-je prendre la parole ? demanda la timide Leslie.

— Oui, bien sûr.

— Je pense que c'est l'idée la plus merveilleuse qui ait jamais été émise dans cette école.

Marlène et Juanita sourirent.

— Merci répondirent-elles en même temps. Peut-être est-ce le bon moment pour vous demander s'il y a d'autres commentaires ou questions ?

— Je connais un peu la langue des signes, précisa Rudolf. Est-ce que je peux apporter ce que je sais et l'utiliser avec les enfants ?

— Oui évidemment ! D'ailleurs, tu as peut-être quelque chose à nous montrer dès maintenant, si tu es d'accord ? dit Marlene, toute frétillante.

Le calme se fit et tous les regards se tournèrent vers Rudolf, le fringant stagiaire de l'Université d'État de San Francisco, que les enfants appelaient affectueusement Rudolf le renne-au-nez-rouge. Il leva la main et toucha le côté de son front avec le bout de ses doigts. Puis il éloigna la main de son corps.

– Ce signe, c'est pour dire « bonjour ».

Tout le monde essaya. Des petits rires parcouraient la pièce.

Puis ses doigts touchèrent son menton, et il éloigna sa main de son visage en l'agitant un peu comme le salut de la reine d'Angleterre.

– Ça, c'est : « au revoir »

Encore une fois, tout le monde l'imita, les petits rires devenant plus forts, comme ceux de jeunes enfants découvrant quelque chose de terriblement excitant pour la toute première fois. La « leçon » dura trente minutes.

– C'est génial ! Mais nous devons passer à un autre sujet pour terminer la réunion dans les temps. J'ai encore quelques points à discuter avec vous. »

Susan souriait. Elle était ravie.

Après la réunion, l'énergie était décidément différente dans l'école. Alors que les professeurs se levaient pour partir, ils étaient tous bouillonnants d'enthousiasme, prêts à commencer à communiquer en ASL avec les enfants dès le lendemain.

* * *

Mémorandum de progression
Elève : Gabriela Robinson, date de naissance 15/12/1981
Enseignant : Rudolf Ricci
29 novembre 1985

Je voudrais transmettre dans ce mémo ce que j'ai observé sur cette enfant en classe préscolaire, ainsi que mes interrogations personnelles. Gabriela me fascine. Elle est dans cette école depuis dix mois. Elle est profondément sourde et muette - depuis sa naissance. Elle est maintenant complètement intégrée dans l'apprentissage de l'ASL. Nous avons commencé ce processus le jour où elle est arrivée, il y a dix mois. Notre école est en transition vers une école maternelle entièrement immersive ASL.

Une partie de ces notes reflète peut-être ce qu'elle pense. L'observer me donne envie de me plonger dans l'étude de l'acquisition du langage sourd-muet. Je précise que ce que j'imagine qu'elle pense est entre guillemets.

« Tout le monde agite les mains en l'air tout autour de moi. C'est si drôle. Ils me font rire. Je préfère quand même les enfants qui me regardent seulement. Sans toutes ces mains stupides, de haut en bas et tout autour. Ce que je préfère c'est être collée à ma maman. C'est doux et chaud et je m'y sens parfaitement bien. D'autres enfants veulent venir s'asseoir là aussi, et je dois la partager, et je n'aime ça du tout. Certains enfants ouvrent beaucoup la bouche. Je ne sais pas ce qui se passe, mais j'en ai une idée quand je regarde leurs visages. Il y a un garçon dans la pièce. Il ne parle pas beaucoup. Il n'utilise pas des mains qui s'agitent. Son sourire est agréable. Et il partage ses briques avec moi. Au début, je ne voulais pas partager avec lui, mais ensuite j'ai changé d'avis, et c'était amusant de le faire. Nous faisons des maisons avec des briques et nous mettons plein de trucs dedans. Et on y habite. Nous rions beaucoup. Il y a un professeur que j'aime beaucoup. Parfois, il me soulève et il me fait tournoyer et on rit ensemble. Il ouvre sa bouche, il agite ses mains, mais il ne m'oblige pas à le faire si je n'ai pas envie. Il est juste gentil. Parfois il nous fait le déjeuner. Il adore préparer ce truc jaune qui est long et fin qui glisse dans la bouche. Il nous a montré comment l'enrouler autour de la fourchette, et parfois ça tombe par terre. Et la chose que l'on met dessus c'est rouge et c'est tellement délicieusement bon. »

Gabriela est une enfant facile à vivre. Parfois elle soupire, mais chaque jour je peux voir l'évolution de son cerveau en train d'apprendre à communiquer. Quand elle est frustrée, elle court vers sa mère et s'assoit sur ses genoux. Si les genoux de sa mère ne sont pas disponibles, elle grogne et vient s'installer sur les miens. Elle s'assied là pendant quelques minutes et poursuit ses jeux. Elle semble avoir un meilleur ami, un petit garçon qui a peu de langage verbal. Ils jouent parfois l'un à côté de l'autre, mais le plus souvent ensemble dans la zone des jeux de construction. Leur communication est silencieuse mais ils rient beaucoup ensemble. Elle est curieuse de tout ce qu'il se passe à la maternelle. Elle passe beaucoup de temps à observer les autres. Elle est très imaginative dans ses jeux et exprime de nombreux sentiments à travers les situations imaginaires qu'ils évoquent. Elle s'adapte facilement au changement. À l'exception de l'enfant dont je viens de parler, elle ne passe pas encore beaucoup de temps avec les autres enfants, d'autant qu'ils commencent à peine à apprendre l'ASL et oublient de l'utiliser. Elle est assez indépendante dans ses choix de jeu. Elle a un bon appétit et dort bien à la sieste.

* * *

Notes de progrès

Elève : Gabriela Robinson, date de naissance 12/15/1981

Enseignant : Rudolf Ricci

25 novembre 1986

Au cours de l'année passée, Gabriela a énormément progressé dans son développement cognitif, linguistique et social. Durant l'année tous les enfants et le personnel de notre centre sont devenus complètement bilingues ASL et anglais parlé. Cette fluidité du langage s'avère être un outil exceptionnel de compréhension de la langue et des concepts pour Gabriela. En plus du langage manuel, tout, dans notre école, a une étiquette écrite, de sorte que tous les enfants peuvent identifier les objets avec le mot écrit correspondant Gabriela a une fascination pour les livres et les histoires et veut qu'on lui en lise en permanence. En particulier, elle aime s'asseoir sur les genoux d'un des professeurs, s'entourer d'histoires et de livres que le professeur lui lit et traduit en ASL. Alors qu'auparavant elle s'asseyait seule et faisait des signes pour elle-même, maintenant elle interagit presque en permanence avec les autres enfants et adultes en ASL. C'est une enfant très heureuse qui rit souvent avec le groupe. Sa curiosité n'a pas faibli, et parfois, elle et d'autres enfants explorent en classe des choses qui font appel à cette fascination pour la découverte. Elle maintient un imaginaire important comme vu à travers ses jeux et les personnages qu'elle crée. Elle aime les animaux et en particulier les observer dans leurs habitats naturels.

Cela va des petits insectes enfouis dans la terre du jardin, aux oiseaux qui volent au-dessus et parfois atterrissent sur les arbres, jusqu'au chat du voisin dont elle m'a parlé. Elle est fascinée par leur comportement et ce qu'ils font. Elle aime aussi cuisiner et est souvent la première à participer aux projets cuisine qui ont lieu une fois par semaine. Elle aime mélanger et remuer les ingrédients. Elle aime aussi beaucoup manger le résultat final !

* * *

En janvier 1987, soit un peu plus d'un an plus tard

« Les enfants ouvrent beaucoup la bouche. Je m'interroge sur ce que c'est un son. Je regarde les visages. Je me demande à quoi ça doit ressembler. Un jour, est ce que je me réveillerai, j'ouvrirai ma bouche et un son sortira ? J'ai un meilleur ami là-bas depuis mon arrivée. Il n'ouvre pas beaucoup la bouche. Ça ne nous empêche pas de jouer. Il s'appelle Riley. Il peut me parler avec ses mains. Parfois on se dispute pour des choses comme laquelle de ces briques prendre pour les maisons que nous construisons. Mais on finit toujours en riant. Il me sourit, et je lui souris. Tous les enfants utilisent leurs mains pour parler. Ils appellent ça ASL. Les filles ouvrent plus leur bouche que les garçons. Il y a une fille, avec une peau différente, plus foncée, comme du chocolat. Cette fille a un beau sourire, parfois on joue, on court partout, et on rigole. J'aime ça. C'est mon amie. Elle vient à la maison de temps en temps. On joue avec mes jouets, et avec le chat du voisin. C'est un chat orange, il s'appelle Galilée. Il n'a pas de queue parce que le médecin lui a coupé quand il a eu un accident, petit. Mon amie et moi —elle s'appelle Shantay – jouons avec lui et le suivons partout. Shantay m'a dit qu'il ne ronronne pas comme un chat ordinaire et qu'il fait un drôle de bruit à la place comme un vieil homme qui se racle la gorge. J'ai un professeur préféré. Depuis que je suis toute petite, il me soulève et me met sur ses épaules en me balançant. Il rit autant que moi. Il ouvre beaucoup la bouche avec les autres enseignants, mais avec les autres enfants, et surtout avec moi, il parle avec ses mains. Il m'a dit qu'il était né dans un endroit appelé Italie. Il dit que l'Italie est très proche de l'endroit où je suis née. Il aime cuisiner des

118

choses comme des spaghettis. Quand j'étais toute petite, il m'avait montré comment les manger comme un adulte. Oh oui ! Ma nourriture préférée au monde c'est ce truc gluant ! Cela s'appelle le beurre de cacahuète. À la maison, je mets le bras entier dans le bocal. Cela fait rire ma maman. Ah ! Ma mère ! Est-ce que j'ai parlé d'elle ? Je l'aime. Elle m'aime. Je l'ai toujours su. Chaque seconde de ma vie, je le sais. C'est comme si elle avait mis du soleil autour de ma tête, c'est chaud et plein de bonheur. »

CHAPITRE 24

Trois ans plus tard

1990

Essai : Que signifie pour moi « être sourde » ?
Par Gabriela Robinson
Devoir pour Mme Burgee
3e année « École Californienne des sourds- muets » Berkeley

« Je pourrais dire qu'être sourde-muette c'est merveilleux. Et je pourrais dire aussi qu'être sourde- muette c'est horrible. Les deux sont vrais. Il y a des jours où je n'y pense même pas. C'est juste comme ça. C'est la vérité. C'est comme avoir dix doigts et dix orteils. C'est une partie de moi, alors pourquoi passer du temps à y réfléchir ? Mais c'est aussi une mission, et je fais toujours ce que je dois faire.

Je pense que c'est plus difficile maintenant que j'ai grandi. Au début, quand je suis arrivée aux États-Unis, beaucoup d'autres enfants de mon âge ne parlaient pas tellement encore, donc je n'étais pas si différente. Parfois, le plus difficile n'est pas d'être sourde mais plutôt d'être, à cause de cela, différente du reste du monde. Et qui veut être vraiment différent ?

Maintenant je suis à Berkeley, dans cette grande école où tout le monde est sourd. On pourrait penser que c'est plus facile, et d'une certaine façon c'est le cas, parce que nous sommes tous sourds ici. Chaque jour, nous parlons avec la langue des signes, et nos mains s'envolent vers le ciel, courent tout autour de nous. Tout le monde ici parle avec ses mains. Donc c'est cool. C'est comme si nous avions un endroit spécial où nous ne sommes pas différents. Nous sommes un peu tous pareils, mais nous ne le sommes pas totalement bien sûr, parce que chacun de nous est différent. Certains d'entre nous sont ce qu'on appelle sourds profonds - c'est mon cas - et d'autres, sont malentendants. Et puis il y a tous ceux qui sont entre les deux. Mais nous ne pensons pas à ces catégories. Nous sommes juste sourds. L'école est vraiment bien pour éviter de nous apprendre à lire sur les lèvres et essayer de « ne pas être sourd » en se mélangeant avec l'univers entendant. C'est Berkeley, de toute façon, le berceau du mouvement pour la liberté d'expression !

Mais il y a un autre aspect de la question. Vous souvenez-vous que j'ai affirmé qu'être sourde est horrible ? Eh bien, d'une certaine manière, oui ! Parce que cela signifie que la plupart des gens n'ont absolument aucune idée de comment communiquer avec moi. Cela veut dire, par exemple, que le samedi quand l'école est fermée, et que je veux aller faire du shopping avec ma mère, je dépends d'elle pour parler aux gens de ce que je veux. Je ne peux pas simplement aller au comptoir, avec ce que j'ai économisé sur mon argent de poche, et dire à l'employée : « S'il vous plaît, madame, je voudrais acheter ceci. » Soit je le fais en silence, et l'employée me réponds que je dois 25 cents, et je ne peux pas l'entendre, soit je dois demander à ma mère de faire tout cela pour moi. Et parfois, ça, c'est vraiment difficile.

Dans ces moments-là, vraiment, je déteste être sourde. Ma mère m'a dit que si je voulais en parler, je pouvais le faire dans cet essai. Mais je n'en ai pas tellement envie.

Dieu merci, j'ai une super maman. Certaines des personnes de mon école n'ont pas de bons parents. Mais moi oui. Et j'ai de la chance. Tous les jours, je me sens chanceuse parce que ma mère est là. Elle est comme mon roc. Avec elle, quand j'y pense, le fait d'être sourde n'est pas si difficile. Elle transforme l'horrible et me rend heureuse intérieurement peu importe qui je suis ou ce que je fais. »

* * *

Gabriela ne voulait pas aller à Orange County ce week-end-là, et elle avait aussi catégoriquement refusé la possibilité de rester chez les parents d'une amie à Berkeley. À huit ans, elle s'accrochait encore à sa mère comme un coquillage à son rocher. L'idée d'être loin d'elle suscitait trop d'angoisse de flash-backs de l'orphelinat où elle se cachait dans les coins et sous les tables et où elle se sentait abandonnée. Cette partie de sa vie la hanterait toujours.

Marlene, qui avait été aide-enseignante dans la classe de sa fille dès son arrivée à l'école des sourds-muets, devait suivre une formation annuelle dans le cadre de son cursus d'enseignante. Elle se déroulait généralement à San Francisco, mais cette année-là le formateur avait eu une urgence familiale, et les conférences du week-end étaient assurées par son associé qui ne faisait classe qu'à l'hôtel « Happy Holiday » à Orange County. Marlene et Gabriela étaient contrariées à cette idée.

« Eh bien, c'est soit tu restes à l'hôtel avec moi et tu vas à la garderie pendant que je suis en classe, soit tu restes avec tes amis ici à Berkeley ! »

Le regard triste, Gabriela avait signé :

« Orange county. »

Aucune des deux options ne lui plaisait, pourtant elle fit sa petite valise, qu'elle remplit principalement de livres, de bandes dessinées, de feutres, de marqueurs et de crayons fins. Elle décida qu'elle se trouverait dans un espace calme et éviterait à tout prix le monde des entendants et leurs manières affreuses envers les enfants sourds-muets.

Marlene décida, elle, de sauter le pot d'accueil du vendredi soir, et elles prirent un vol tôt le samedi matin d'Oakland à Orange. Elles quittèrent les douces journées de début mai à Berkeley pour la chaleur étouffante, sèche et sans arbre d'Orange county.

La garderie se situait dans le salon de l'hôtel, une petite salle javellisée avec un canapé, une télévision et une piscine attenante

- pièce d'eau de la taille d'un timbre-poste - qui pouvait accueillir jusqu'à cinq enfants. Gabriela s'approcha des trois autres enfants, les jaugea de haut en bas, et les repoussa immédiatement. Elle regarda sa mère avec des yeux suppliants.

« Je ne peux pas te prendre en cours avec moi… » signa Marlene.

— J'ai déjà demandé. Ça va aller. Tu as tous tes livres et tes carnets de dessin. Je te retrouve pour le déjeuner dans quelques heures. »

La personne chargée de surveiller les enfants était une dame âgée une « *Mother Hubbard* » le genre de vieille dame robuste avec un penchant pour les feuilletons, qu'elle avait d'ailleurs suivis à la télévision toute la matinée. De temps en temps, elle jetait un regard absent vers les enfants. Les deux autres petites filles du groupe dévisagèrent Gabriela et Marlene se parlant en langue des signes et se mirent à chuchoter, créant ainsi entre elles un lien immédiat. Elles filèrent dehors et passèrent la majeure partie de la journée à entrer et sortir de la piscine, concentrées dans leur jeu et excluant délibérément la petite fille sourde et le seul garçon. Ce dernier arborait un t-shirt déchiré sur lequel était inscrit « Tuer » en caractères gras. De la peinture couleur sang coulait sur le devant et l'arrière du vêtement noir qui lui couvrait la moitié du corps. Il avait laissé son baggy descendre jusqu'à la limite acceptable de son bas-ventre et de ses fesses.

Gabriela prit place sur le canapé à côté de la vieille dame. Elle avait décidé qu'elle resterait là, sans bouger, et se plongerait dans son livre pour se rendre invisible. C'était un gros livre, *Le livre complet des contes de fées du monde entier,* qui faisait au moins 400 pages. Elle pensa que c'était le moment idéal pour se perdre dans des histoires imaginaires qui pourraient l'éloigner de son environnement du moment. Une page, puis deux, puis trois, elle était déjà à la page 20 quand elle remarqua que la vieille dame à côté d'elle grimaçait et se tenait le ventre. Ça ressemblait à un problème digestif, elle avait sans doute besoin d'aller aux toilettes. Avec un effort manifeste, elle se leva du canapé, réussit à s'y rendre rapidement, et y resta un bon moment. Gabriela sentit un danger. Elle essaya de lire, mais aucun mot ne venait à son esprit, tout était devenu flou, elle ferma les yeux pendant une seconde et essaya de dissiper cette tension.

Tout se passa très vite. C'est toujours ainsi, ces évènements se produisent toujours si vite. Le garçon arrêta de faire rebondir un ballon de plage à moitié dégonflé et se précipita dans le salon, avec un air menaçant.

— Alors ! Ta protectrice est partie. Pauvre petite, tu n'as plus cette vieille chose pour s'occuper de toi. Ah oui, c'est vrai, tu es sourde ! Tu n'entends pas un mot de ce que je dis. Je peux dire tout ce que je veux, tu ne comprendras rien.

Il rit et cracha, attrapa le ballon et le lança sur Gabriela. Elle tendit la main pour le dévier et éviter qu'il n'atterrisse sur son visage.

— Ah ah tu sais te protéger, petite salope sourde. Il va falloir faire mieux alors !

Il se jeta sur elle, attrapa son livre de contes, courut dehors et le jeta dans la piscine.

— Maintenant, tu n'as plus rien à lire ! Pauvre petite fille sourde !

Les autres filles dans la piscine ricanèrent. Il continua :

— Et tu ne peux même pas me dire d'arrêter ! J'adore ça ! Je devrais traîner avec toi plus souvent !

Gabriela sentit la bile remonter dans sa gorge, comme si elle allait être malade. Des larmes s'y mêlèrent et elle se souvint. Elle se souvint de ce garçon, quand elle avait trois ans à l'orphelinat, celui avec la cicatrice sur la joue, celui qui la narguait sans cesse. Elle se remémora avoir détesté ce garçon. Et celui qui se tenait devant elle, à ce moment-là, lui rappelait celui à la cicatrice. Dans sa tête d'enfant quelque chose s'assembla, un mélange de passé et de présent et de tous ces moments où elle ne pouvait pas parler, ne pouvait pas se défendre, ne pouvait pas entendre les moqueries mais voyait les visages cracher des mots qui n'étaient que haine. Ses propres grondements devinrent de plus en plus forts, et elle s'approcha du garçon au t-shirt de tueur, elle s'approcha de plus en plus près jusqu'à ce qu'elle soit au niveau de ses yeux, la main fermée en un poing si serré qu'elle aurait pu casser un tronc d'arbre. Le premier coup s'envola et frappa le nez, le second, encore plus fort, l'atteignit à l'entrejambe. Il tomba en tenant ses parties génitales. Le sang coulait de son nez.

La vieille dame émergea alors des toilettes, se tenant le ventre en gémissant. Elle vit d'abord le sang, partout, puis le garçon sur le sol qui se tordait de douleur.

— Oh mon Dieu !

Elle décrocha le téléphone et passa deux coups de fil. Quelques minutes plus tard, une ambulance et un camion de pompier arrivèrent à l'hôtel « Happy Holiday ». Alors que les ambulanciers plaçaient le garçon sur une civière, une mère furieuse et désemparée fit irruption dans la pièce.

— Que s'est-il passé ? Oh, mon trésor. Mais qu'est-ce qu'il s'est passé ?

— Elle s'est jetée sur moi, la fille sourde ! Oh, maman, j'ai tellement mal !

La femme regarda Gabriela, prête à la frapper.

— Madame, dit l'ambulancier, votre enfant est mineur donc vous devez venir dans l'ambulance avec lui.

— Mais nous devons régler ce problème ! Cette fille a agressé mon fils !

— Madame, nous devons partir maintenant. Montez dans l'ambulance, s'il vous plaît !

— Ne crois pas que tu vas t'en sortir ainsi, petite folle !

De ses yeux émanait des éclairs brulants comme du gaz toxique enflammé. La vieille dame reprit le téléphone, et bien après que les sirènes se furent éloignées et que l'enfant gémissant et sa mère venimeuse eurent disparus, elle s'avança vers une Marlene essoufflée.

— Il semble que votre fille ait frappé très fort.

— Il semble... ? Qu'avez-vous vu exactement ?

— Je suis désolée, madame Robinson, j'étais aux toilettes quand c'est arrivé. Je savais que je n'aurais pas dû manger tous ces merveilleux petits gâteaux au rhum au petit-déjeuner. Cela m'a rendu malade. Au moment où je suis sortie des toilettes, tout était déjà fini. Il y avait du sang partout. Cela va me prendre un temps fou de faire le ménage.

« Que s'est-il passé ? » les mains de Marlene signaient rapidement face à sa fille qui s'était allongée sur le canapé. Gabriela tremblait. Son visage se déformait.

— Je ne sais pas ce qu'il disait, maman, mais il avait le mal sur le visage. Une méchanceté immense. Il a jeté mon livre dans la piscine, et je savais que ce n'était que le début. Donc je l'ai frappé : d'abord au nez puis dans ses parties.

— Oh mon Dieu ! soupira-t-elle. Mais pourquoi à l'entrejambe ?

— Je ne sais pas. Je n'ai pas réfléchi. J'étais tellement en colère.

Elle tremblait toujours et ses mains s'agitaient dans les airs avec une énergie féroce.

— Je me doute que tu l'étais. Bon, ce qui est fait est fait. Mais la prochaine fois, pense que parfois un seul coup suffit pour faire passer un message et être tranquille. Ensuite, si cela ne fonctionne pas, pense à un plan B. Tu dois utiliser ton cerveau autant que ton instinct, aussi difficile que cela puisse être parfois.

— Je suis désolée, maman.

Les larmes coulaient abondement de ses yeux tristes.

— C'est horrible ce qu'il a fait. Je suis désolée que tu aies dû vivre cela.

Elles se regardèrent, silencieuses.

— Et si nous aidions cette dame à nettoyer le bazar qu'il y a partout, pour que lorsque les invités de ce soir arriveront, ils ne pensent pas qu'un meurtre a été commis ici ?

Toutes les trois prirent les chiffons que la vieille dame avait jetés au sol, les trempèrent dans la solution d'eau de Javel et essuyèrent le rouge du sang, rendant de nouveau au sol et aux meubles leur blancheur étincelante.

— Sortons d'ici, suggéra enfin Marlene, la voix fatiguée.

Puis, se tournant vers sa fille :

— Nous allons prendre un déjeuner à l'aéroport, changer de vol et partir aujourd'hui.

— Puis-je utiliser votre téléphone ? demanda-t-elle à la femme. Je dois prévenir les animateurs de l'atelier que j'ai une urgence familiale et que je dois partir plus tôt.

— Bien sûr. »

La femme montra le téléphone à la réception. Quand Marlene eut fini son appel, elles sortirent de l'hôtel. Le soleil leur brûlait la nuque. Un monde frénétique les entourait et estompait leurs sensations tandis que, se tenant par la main, elles se dirigeaient vers l'aéroport. Au moment où elles arrivèrent chez elles à San Francisco, le garçon, lui, sortait des urgences. Il n'avait que quelques contusions.

* * *

Marlene regarda Gabriela, endormie sur le canapé. La pluie battait dehors, dans un rythme incessant. Elle soupira, sa tasse de thé à la main, et regarda la poitrine de sa fille monter et descendre en suivant sa respiration.

Quand Gabriela lui avait raconté toute l'histoire, Marlene avait beaucoup pleuré dans son lit avant de dormir. L'épisode à l'hôtel était un évènement auquel aucun enfant ne devrait jamais avoir à faire face. Marlene était rongée par la culpabilité, se rappelant le regard suppliant de sa fille quelques instants avant l'événement. *J'aurais dû l'emmener en cours avec moi*, se répétait-elle en boucle au point de se rendre malade. Au milieu de la nuit, ses pensées s'embrouillaient et se mélangeaient comme un jeu de cartes. *C'est une enfant coriace. Regarde ce qu'elle a fait ! À huit ans, elle s'est attaquée à ce petit minable. Elle l'a frappé dans les couilles ! Il méritait d'ailleurs sûrement pire que ça. Mais qui lui a inculqué ça ? Son instinct de survie. Elle l'a appris toute seule, à coup sûr. Ma fille est plus forte que je ne l'ai jamais été ou ne le serai jamais.* Puis son esprit revint autour de ses premières pensées. *Ahhh...c'est si difficile d'être sourde, de ne compter que sur ces « instincts de survie », de ne pas pouvoir entendre un mot de ce qui a été dit, de toujours être dans cette position de victime.* Marlene pleura encore, peut-être en sentant la douleur que sa fille avait éprouvée et qu'elle ressentirait toujours dans le monde de ceux qui entendent. *C'est une vie difficile. Je savais que ce serait dur, dès le moment où je l'ai vue. Pourtant je pressentais qu'elle avait quelque chose d'incroyable en elle, de la résilience, oui, plus que juste la ténacité, plus que juste la capacité de frapper un trou du cul au bon endroit. Elle renferme en elle ce dont le monde a besoin : cette sagesse, cette lumière intérieure qui montre aux autres comment survivre à tout.* Elle regarda alors sa fille, cette enfant qui s'était infiltrée dans son cœur comme une sève fine, comme le sang de la vie, emplie de vitalité dans son essence même.

Je ferai n'importe quoi pour toi. Elle continua d'observer Gabriela et son buste qui se soulevait avec la précision d'un métronome.

Marlene s'assit dans le rocking-chair. Elle se rappelait le jour où elle avait ramené Gabriela à la Maison, comme elle l'avait tenue dans ses bras et bercée dans cette même chaise où elle était maintenant assise et comment elle avait remarqué que l'enfant, son enfant, pouvait se détendre totalement, blottie contre elle, et s'endormir si facilement.

Son regard se porta sur la fenêtre et la tempête qui passait en frappant le sol, une dernière vague de vent sonnant sa dernière note, comme un carillon dans un désert baigné de pluie. Ses pensées la conduisirent vers Thérèse. Cela l'étonnait toujours quand cela se produisait, quand son esprit se concentrait sur ce fameux jour, sur cette personne qui d'une certaine manière aussi la suivait dans sa vie.

Et si... elle s'arrêta pour fixer une feuille, seule, qui tombait sans effort sur le sol. *Et si on s'était vraiment rencontrées, qu'on s'était parlé ce jour-là, qu'on avait créé quelque chose de beau ensemble, qu'on avait adopté cette enfant, qu'on l'avait regardée grandir, qu'on avait été témoin de sa magnificence...Et si on était ici ensemble, qu'on s'enlaçait, qu'on regardait notre fille s'endormir sur le canapé ?* Marlene regarda sa main et sentit l'humidité d'une seule larme, couler glisser le long de ses joues, de son menton, puis tomber en goutte sur sa main qui la balaya.

CHAPITRE 25

L'avion amorçait son virage de descente vers l'aéroport de San Francisco. Thérèse, fascinée par son arrivée dans cette ville qu'elle avait toujours voulue visiter, regardait par le hublot ces maisons identiques qui s'alignaient sur le flan des coteaux sud de San Francisco. Celles que la chère Malvina Reynolds avait décrit dans sa chanson « Little Boxes on the Hillside [30]». Au-delà de la taille immense de l'emblématique pont du Golden Gate vu depuis l'avion, San Francisco ressemblait au monde parfait des contes de fées, un monde avec la mer, les montagnes et une multitude de ponts et de petites boîtes mignonnes dans lesquelles des gens vivaient.

Elle traversa l'aéroport comme une danseuse, son corps menu s'envolant comme une plume vers l'agence de location de voiture. Pendant qu'elle patientait dans la file d'attente son esprit se figea dans un état de quasi-incrédulité. *Je suis à San Francisco…* Et même si elle devait revenir à ce même aéroport vingt-quatre heures plus tard, elle relégua ce détail au fond de son esprit, et se concentra sur le violon qui l'avait amenée jusqu'ici. C'était un endroit dont elle rêvait depuis l'enfance, et elle voulait s'imprégner de chaque seconde qu'elle y passerait.

Il était 16 heures, le magasin d'occasion à Berkeley fermait à 18

---

30   « Les petites boites sur la colline »

heures. Une sensation de déjà-vu[31] la traversa alors que la structure quadrillée du pont apparaissait quand elle arriva vers la baie. Elle alluma la radio.

« *Un accident sur la route 101 aggrave la circulation déjà difficile en heures de pointe. Le trafic restera bloqué sur toutes les autoroutes et formera un long bouchon, où que vous soyez. Que diriez-vous d'une petite musique réconfortante ?* »

Thérèse comprenait à peu près l'anglais. Elle en avait assez saisi pour savoir que ce serait un trajet ralenti jusqu'à sa destination. Mais elle était à San Francisco, et même si elle n'avait aucune idée de la circulation aux heures de pointe en voiture dans la baie, elle était enchantée par cette partie du globe où tous ces gens s'appelaient eux-mêmes « les Californiens ». Ça, pour elle, ça sonnait vraiment bien. *Sûrement que même les autoroutes étaient pavées d'or, non ?*

Elle leva les yeux sur un des bâtiments où flottait, avec désinvolture dans ses couleurs éblouissantes, un drapeau arc-en-ciel. *Ah oui, c'est le mois de juin, le mois de la* Gay Pride [32], *et je suis à San Francisco.* Elle rayonnait de joie.

Petit à petit, elle arrivait à avancer dans sa spacieuse voiture de location. Elle tripota la radio. Pas particulièrement impressionnée par la station classique locale, elle tourna le bouton, trouva une station un peu folk et entendit Joan Baez, sa chanteuse préférée, puis les Indigo Girls. Elle augmenta le volume et chanta à tue-tête alors qu'elle s'approchait du pont. Là, de part et d'autre, la baie lui souhaita la bienvenue. Les bateaux, la mer et le ciel lui firent penser à la liberté, aux hippies, aux marches des fiertés, et aux possibilités illimitées de tout.

Je suis un peu bébête, mais j'adore ça.

---

31   En français dans le texte

32   Note de la traductrice : la Pride, Gay Pride ou marche des fiertés a été créé en 1970, suites aux émeutes de Stonewall et est aujourd'hui une célébration internationale qui a lieu en juin pour rappeler le combat pour les droits LGBTQIA+

Son attention se reporta sur la route en sortant du pont. Elle commença à paniquer. Elle devait prendre une décision, quelle file choisir ? À droite, il y avait l'Interstate 580 East, puis l'Interstate 880 Sud. À gauche il y avait l'Interstate 80 vers Sacramento. *Sacramento, merde, mais c'est où ?* Elle regarda encore et aperçut un petit panneau indiquant « Berkeley ». Elle fit une embardée pour prendre la I-80 Est. Elle avait une pile de cartes routières à côté d'elle, que l'agence de location de voiture lui avait données, mais elle n'avait pas assez de place pour ouvrir et regarder ces plans si parfaitement pliés. Pendant qu'elle conduisait, elle entendit plusieurs conducteurs la klaxonner. *Pas de compassion pour une touriste rêveuse venant de France.*

Un peu plus loin sur l'autoroute, un panneau annonçait la sortie « avenue de l'université, université de Californie ». Elle fit une embardée pour prendre cette voie et attrapa l'avenue, heureuse d'être sortie de l'autoroute. Elle réalisa qu'elle avait transpiré comme un bœuf pendant toute cette épreuve. Elle s'arrêta dans une station-service et demanda son chemin à l'homme qui remplissait son réservoir.

« Excusez-moi monsieur, où se trouve l'avenue Chatook ? Je cherche le 8 806 …

L'homme haussa les épaules. Thérèse lui montra un morceau de papier avec l'adresse.

– Ah ! « *Shattuck* » répondit-il en souriant. Tout droit jusqu'à l'université, à gauche à Shattuck, et puis environ un mile[33] encore après. »

Ces Californiens, ils sont quand même sympas dans les stations-service. Thérèse sourit intérieurement en remontant dans la voiture et démarra.

---

33 Note de la traductrice, un mile = 1,6 km environ

* * *

Nord Berkeley, à environ un mile du campus de l'université de Berkeley, avait sa propre énergie. C'était là qu'avait commencé le mouvement du farm-to-table, de la ferme à la table, plus précisément Chez Panisse, l'un des grands lieux de ce qui allait devenir la *cuisine californienne*, mariant ingrédients locaux et relations directes avec les agriculteurs, les éleveurs et les laiteries environnantes. Le restaurant lui-même avait été créé par Alice Waters, autrice de renommée mondiale et activiste de l'alimentation.

En face de ce célébrissime point de repère dans le ghetto gourmet, il y avait le nouveau Cheese Board Collective [34], une entreprise appartenant à des travailleurs qui la gérait directement de manière autonome, et dont la spécialité reposait sur le fromage et les pizzas aromatisées avec des mélanges ingénieux de différents ingrédients. Les rues alentour quadrillaient des blocs d'immeubles, comme souvent aux États-Unis. Des musiciens y jouaient fréquemment, souvent pour ceux qui faisaient la queue en attendant leurs pizzas.

Il y avait aussi une librairie, l'une des plus connues de Berkeley : Black Oak Books [35]. Entre ces murs précieux se trouvait une myriade de publications reliées qui reflétaient les exhortations de la ville pour un monde plus littéraire. Tous les habitants de Berkeley espéraient que rien, jamais, ne ferait fermer cette boutique.

Tous les enfants du quartier avaient aussi, au moins une fois, fréquenté l'attachant « Out of the Closet thrift store »[36] , le dépôt-vente connu sous le nom symbolique la-sortie-du-placard, en référence à la difficulté de faire son coming-out, et dont tous les bénéfices étaient destinés à la recherche et aux traitements contre le sida et le VIH.

---

34   « Le bureau collectif du fromage »

35   « Les livres du chêne noir »

36   « Tombé de l'armoire – magasin d'occasions »

* * *

À 17 h 55, Thérèse se baladait dans un magasin rose vif à l'intersection de Shattuck et de Vine Street. Elle était la dernière cliente du jour. Elle interrogea l'employée féminine au comptoir au sujet du violon qui avait été apporté la veille.

« Oh ! Je pense que nous l'avons vendu il y a quelques heures, répondit-elle nonchalamment.

— Mais ce n'est pas possible dit Thérèse, la tension rendant son accent plus visible. Le propriétaire a dit qu'il me le mettait de côté. Je suis venue de Paris juste pour l'acheter !

— Sérieusement, vous avez fait ça ?

La femme la regarda comme si elle était totalement stupide.

Peut-être que les Californiens ne sont pas aussi gentils que je le pensais.

— Laissez-moi vérifier dans la réserve s'il n'y aurait pas un autre violon dans un coin.

Thérèse hocha la tête et regarda autour d'elle. *J'aime bien cet endroit quand même. C'est organisé. Il y a une bonne énergie. Mon violon m'attend sûrement.*

La vendeuse verrouilla la porte d'entrée et téléphona.

— Salut ! Cela vous dit quelque chose un violon que nous étions censés garder pour une Française ? Mh-hmm... mm-hm-mm... mm-hmm. Où ? Euh... je n'ai pas trouvé. Mm-hmm. Mais quelqu'un est venu il y a quelques heures et a acheté celui-là. Mm-hmm...mm-hmm. Laissez-moi regarder.

Elle retourna dans l'arrière-boutique avant de revenir au téléphone.

Thérèse transpirait, craignant le résultat imminent faisant suite à cet appel téléphonique.

— Non, rien trouvé à cet endroit-là. Où ? Non. J'ai déjà regardé. Mm-hmm. Mmhmm... Ah ! Vous avez fait ça ? D'accord. Mm-hmm. Mm-hmm... Ah ! D'accord. D'accord. Ne quittez pas.

De nouveau, elle disparut dans les entrailles obscures de la boutique. Elle partit plus de cinq bonnes minutes. Thérèse pouvait entendre la voix de l'homme à l'autre bout de la ligne. Il continuait à éternuer et à tousser. *J'ai l'impression qu'il a un mauvais rhume.*

La vendeuse réapparut, un violon à la main.

– Le voilà ! dit-elle simplement. »

Thérèse, ravie, sortit une liasse de papier vert de ses poches et remit la totalité à la vendeuse. Cette dernière eut l'air choquée de la somme d'argent que Thérèse venait de lui donner, mais la remercia encore et encore pour sa patience.

Thérèse sortit heureuse du dépôt-vente. Sa main tenant le manche de l'étui du violon comme si ce dernier avait été mesuré et adapté pour elle. Sa tension était revenue à la normale, elle souriait et regardait les gens autour d'elle. *Ah, la Californie...*

Pizza. Oui, bonne idée. Elle fit un saut chez *Cheese Board.* Les bonnes odeurs de croûte de pizza fraîchement préparée et du fromage frais grésillant avaient envahi ses narines et lui avait donné une furieuse envie de manger une pizza.

Mais elle avait tellement envie de faire pipi qu'elle dû d'abord se précipiter aux toilettes. Il y avait une cabine libre et une autre dont une petite fille tenait la porte fermée. Elle fixa avec attention le visage de Thérèse au moment où cette dernière entra dans la cabine de toilette et poussa la porte, laissant une légère ouverture. Il n'y avait pas de verrou sur les portes.

Thérèse ressentit un déluge de bien-être en se soulageant, sortit, rougit, et quitta les lieux. La fillette la suivit momentanément dehors et la regarda encore alors qu'elle partait.

Marlene émergea de sa cabine et Gabriela attira son attention en signant :

« Maman, cette dame avec un violon ne s'est même pas lavé les mains. »

Son visage fit une grimace de dégoût.

Marlene regarda sa fille de son regard qui disait « Beurk ! » Et toutes deux éclatèrent de rire. Puis elle tint elle-même la porte pour que Gabriela puisse entrer faire pipi.

Thérèse réalisa qu'il ne lui restait plus aucun argent liquide après avoir payé le violon, avant de se souvenir qu'il en restait un peu dans sa veste restée dans la voiture. Elle quitta donc le café et descendit jusqu'en bas de la rue où elle s'était garée.

Marlene et Gabriela avaient déjà quitté les toilettes et le café au retour de Thérèse et descendaient maintenant la rue dans l'autre sens.

« Maman, signa Gabriela, le regard sérieux. Il y a quelque chose à propos de cette femme dans les toilettes.

— Que veux-tu dire ? demanda Marlene.

— Je ne sais pas. Je n'en suis pas sûre. Peut-être qu'on la reverra un jour. Elle avait un regard vraiment intense. Elle te connaît peut-être. Je ne sais pas. C'était bizarre.

Elle adressa un clin d'œil à sa mère qui sourit et demanda :

— Tu as ressenti quelque chose en la voyant ?

— Oui. Quelque chose comme ça.

— Ah d'accord. La femme au violon. Un très bon titre de livre ou d'autre chose d'ailleurs. »

Elles se sourirent et abandonnèrent la conversation, pendant que Thérèse, elle, retournait au café, achetait sa pizza, et s'asseyait à une table sur laquelle le sucre et les sachets de sel étaient posés en cercle autour du poivre.

Sans aucun doute l'œuvre d'un enfant intelligent. Thérèse regarda autour d'elle et, ne voyant aucun enfant, supposa que c'était celle de la fillette des toilettes. Celle qui l'avait dévisagée.

CHAPITRE 26

Cinq ans plus tard

20 mai 1995

Essai : Quel sens à la vie pour moi en tant que personne sourde-muette ?

Comment suis-je connectée au monde qui m'entoure ?

Par Gabriela Robinson

Huitième Année

Classe : Sciences sociales

Professeur : Mme LaFay

École des sourds muets de Californie, Berkeley

Tous les cinq ans, cette école pose la même question à ses élèves : « Que signifie pour moi être une personne sourde et muette ? » Aujourd'hui nos professeurs nous demandent de réfléchir sur la façon dont nous nous connectons aux autres. Cette question se pose-t-elle d'un point de vue global, dans la vie telle que je l'appréhende ? Le premier point qui sous-tend tout cela est la question suivante : en tant qu'élèves sourds, sommes-nous connectés les uns aux autres ? Ce sont vraiment de bonnes questions. J'ai relu ce que j'avais écrit il y a cinq ans, alors qu'à cette époque je ne me sentais même pas capable de parler de l'agression que j'avais subie au motel. J'étais peut-être trop jeune pour comprendre les évènements de ce jour-là. Maintenant, tout dans ma vie a évolué, de ma compréhension de ce qu'il s'était passé à mon interprétation actuelle et même à qui je suis aujourd'hui.

Je ne saurai jamais ce que ce garçon mal dégrossi et stupide m'a dit, mais j'ai lu et compris beaucoup d'informations en regardant son visage et en le voyant agir. Une fois remise de cette attaque, je me suis jurée de ne jamais laisser mon handicap m'empêcher d'être qui je suis, de l'assumer dans ce monde, et de défendre les personnes sourdes. Grâce à cette expérience, j'ai vu à quel point c'était rapide de devenir la victime de quelqu'un, de tomber entre des mains mal intentionnées pleines de méchanceté. Je peux dire que j'ai deviné que c'était cela son but, que je sois sa marionnette, son souffre-douleur sans défense, ce que j'ai heureusement refusé d'être.

L'autre jour, j'ai vu un documentaire sur un groupe d'enfants en Angleterre qui sont interviewés tous les sept ans. Le premier de la série s'appelle Seven Up [37]. Les réalisateurs sont partis de l'idée que la personnalité de base d'un enfant est formée lorsqu'il a environ sept ans, et dans ce film ils leur ont posé toutes sortes de questions à cet âge précis pour avoir une idée de qui ils sont et comment ils fonctionnent sur la planète Terre. Ensuite ils les ont interviewés tous les sept ans pour suivre les éventuels changements dans leurs personnalités. Aujourd'hui ces enfants sont adultes et ont environ trente-cinq ans, et ce qui est intéressant, c'est que l'hypothèse de départ est en effet vraie : pour la plupart d'entre eux, leur version adulte est comme une projection de l'image de leur enfant de sept ans.

Ce que je veux dire, c'est que je suis qui je suis en tant que personne. Oui, une grande part de mon identité est d'être une personne sourde et muette, mais ce n'est qu'une partie. Cette petite fille de huit ans dans le motel était une petite fille sourde et muette, mais c'était aussi une fillette forte et déterminée, reliée à l'univers et en phase avec lui. Je n'ai rien à faire avec des gens qui ont des préjugés ou qui sont méchants. Je ne suis pas sur la planète pour avoir des échanges avec eux, sauf pour leur faire comprendre que je mérite ma place autant qu'eux. Mon lien avec les autres prend racine dans la compassion, cela je l'ai appris de ma mère le jour où elle m'a regardée dans cet orphelinat. Si vous m'analysez tous les sept ans,

---

37   « Sept et plus »

je vais probablement faire la même chose à chaque fois, je vais montrer ma force intérieure au monde, mon refus d'être une victime et l'étendue de mon amour et ma compassion.

Être sourde m'a donné une clé spéciale pour un monde unique, un monde dont la communication est faite de silence. Je trouve que c'est un défi aussi intrigant que mystérieux. Je me souviens qu'il y a cinq ans je faisais allusion à cette vérité dans le premier paragraphe de mon essai. J'ai parfois rêvé que l'intégralité du genre humain soit sourd et muet. C'est mon petit conte de fées à moi, une façon d'être dans la norme pour une fois, au lieu de l'exception. Je m'amuse à penser que le monde est silencieux, que les gens sur Terre ne font que passer leurs journées sans un bruit. En vérité, être sourde-muette dans notre société actuelle signifie aussi que je peux me faufiler dans des espaces où ceux qui entendent n'ont pas accès. Je peux observer les visages plus succinctement, et je ne tiens jamais pour acquis les expressions de quelqu'un, ces indices subtils de l'existence humaine. Je regarde les yeux car là se trouve le vrai reflet de l'âme. J'imagine qu'écouter les gens fait perdre beaucoup de temps en verbiage, en mots inutiles qui prennent trop de place. En étant sourde, je vais droit au but, cela me permet de plonger vraiment dans l'essence de l'expérience d'une personne.

Parallèlement, parce que je refuse d'apprendre à lire sur les lèvres, (à l'ancienne,) je sais que je ressentirai, très probablement, toujours un peu ou un peu beaucoup, d'exclusion dans ce monde. C'est une dure réalité, car cela veut dire que je dois toujours avoir près de moi une personne qui entend pour accomplir certaines tâches difficiles, ou alors, que je dois accepter un certain degré de solitude dans le monde – dès que j'aurai quitté mon école et mon havre de paix inclusif et protecteur des personnes sourdes. Je sais que seul un petit pourcentage de la population mondiale connait la langue des signes. Mais une part déterminée de moi ne laissera jamais cette certitude m'arrêter. Je franchirai cet obstacle car je sens que, sur cette planète, je suis une personne qui peut surmonter n'importe quelle difficulté qui viendrait me barrer la route.

En conclusion, ma surdité est une partie de mon identité qui va évoluer encore et encore avec le temps mais l'essence de qui je suis, elle, est immuable. Je suis heureuse comme cela. Quelqu'un m'a dit un jour : « C'est comme ça. » Je sens que c'est la vérité. Être sourde c'est comme ça. Et c'est vrai aussi pour tous les aspects de notre personnalité, nous en aimons certains, nous en détestons d'autres, pour certains, nous vivons avec, parce que finalement, nous sommes qui nous sommes.

* * *

Marlene sortit de l'agence de voyage, ses billets d'avion en main. Elle songea à l'éloquence de sa fille de treize ans, dont la pensée était toujours un mélange de philosophie et de poésie parsemée d'une pincée de conte de fées.

« Je veux connaître mes racines, sentir cette terre, avait exprimé Gabriela un peu plus tôt cette semaine-là.

L'enthousiasme se lisait sur son visage radieux. Elle avait poursuivi :

— Je veux voir l'orphelinat, et je veux visiter des châteaux, ses mains s'agitant dans les airs avec ferveur.

— Y a-t-il autre chose que tu souhaites faire ?

Marlene était assez intriguée par la déclaration de sa fille.

— Est-ce que tu veux aussi découvrir un autre pays en Europe ?

— Non, une autre fois. Pour l'instant, je veux juste aller en Roumanie. Et même pas toute la Roumanie. Juste là où je t'ai dit. »

Six semaines avant qu'elles ne partent en voyage, dans les petites annonces du *San Francisco Chronicle*[38], la publicité suivante avait été publiée :

Venez travailler dans une ferme en Roumanie. À partir de treize ans et plus. Travail physique et intense. Places réservées aux femmes en nombre limité. Gite et couvert gratuits pour l'été.

Gabriela avait glissé la coupure de presse sous son oreiller.

---

38   Journal local

« Changement de plan maman ! prévint-elle au petit déjeuner du lendemain en agitant ses mains.

– C'est-à-dire ?

– Regarde ça !

Elle sortit son petit papier.

Marlene lut avec attention. Elle eut un petit rire :

– Je suis sûre que la phrase « *places féminines limitées* » a dû t'inciter immédiatement à vouloir y aller. » Ses mains tressautaient.

Gabriela hocha la tête en souriant.

Elle écrivit à la ferme, les supplia, et les convainquit qu'elles –avec sa mère, bien sûr– étaient les bonnes recrues pour leur programme.

« *Nous vous attendons pour le mois prochain* », fut la réponse reçue, accompagnée de l'adresse.

« Tu as recommencé, lui avait dit Marlene quelques semaines plus tard, agitant sous son nez la lettre écrite sur un petit morceau de papier fin. »

– Recommencé quoi ? avait interrogé en retour Gabriela.

– Tu m'as encore convaincue d'aller derrière ce qu'on appelait le rideau de fer. »

Elles rirent toutes les deux.

Tout ce qu'elles mirent dans leurs valises, ce fut des vêtements de travail et de lourdes bottes. Elles abandonnèrent l'idée de visiter l'orphelinat et les châteaux. À la place elles iraient récolter du blé dans une charrette à chevaux en Transylvanie.

CHAPITRE 27

Le ciel était chargé de nuages épais, cernant l'avion de tourbillons sombres. Les turbulences envahissaient l'air. Thérèse pensa qu'elle allait être malade. *S'il vous plaît, laissez cet avion atterrir !* Ce matin-là, à 6 heures, Jacob lui avait téléphoné et dit de sa voix insistante :

« Je pense que c'est une trouvaille majeure.

— Mais vous dites cela à chaque fois, le taquina-t-elle, la voix encore lourde de sommeil.

— Oui. C'est vrai. Mais je crois vraiment que celui-ci pourrait être une découverte historique primordiale.

Au fil des ans, Thérèse avait appris à faire de l'humour avec son collègue et supérieur hiérarchique. Elle adorait cet homme et pensait souvent qu'il était le père qu'elle n'avait jamais eu. Il y avait eu des moments où elle avait eu envie de l'appeler « Papa » quand il souriait, avec ce scintillement dans les yeux qu'il réservait, en général, aux instruments, ses seuls enfants connus. Il était plutôt discret sur sa vie privée, et elle avait souvent pensé qu'il pouvait être gay. Il n'avait jamais mentionné une femme ou même une amie de cœur. Leurs conversations étaient uniquement consacrées à la musique et aux instruments. Au cours des dix dernières années dans ce travail, Thérèse avait chéri chacune de leurs interactions.

— Je vois qu'il y a un train Grenoble-Lyon qui part dans une heure. Et puis il y a un vol direct pour Bucarest qui arrive à 15 heures.

142

Thérèse était devenue une experte pour trouver rapidement les moyens de transport et les horaires adéquats, en utilisant des tas de numéros qu'elle avait toujours tout près du téléphone.

– Parfait. La boutique ferme à 16 heures le samedi.

Jacob laissa passer un moment de silence avant de reprendre :

– Oh ! Au fait, ils ne savent pas que vous êtes censée venir. Je n'ai jamais pu les joindre au téléphone. D'ailleurs, je ne pense pas qu'ils en aient un.

– Et donc comment savez-vous qu'ils ont un violon si vous ne leur avez pas parlé ?

– C'est un peu compliqué. Je serai heureux de tout vous expliquer quand je vous verrai, mais je ne veux pas monopoliser votre temps maintenant. Il faut vous dépêcher. »

Thérèse souriait en enfilant ses vêtements et en sortant de la maison. Elle courait vers Grenoble, excitée par sa prochaine mission.

C'était vraiment un mystère, ce monsieur Bernovitch !

Le soleil du début de l'été enveloppait déjà l'air d'une douce tendresse, comme un gentil baiser sur la joue, une ode à la tranquillité.

* * *

Bucarest, ville où elle n'avait jamais mis les pieds auparavant était en pleine effervescence. Une tempête estivale se profilait à l'horizon. Les dernières notes du chant funèbre de la récente révolution flottaient encore dans l'air. Bucarest se remettait lentement des heures les plus sombres de son histoire, et s'éloignait d'elle-même de sa propre image passée, comme pourrait le faire une très belle femme détruite qui tenterait de camoufler les cicatrices d'abus qu'elle n'aurait jamais dû subir.

Alors que Thérèse montait dans un taxi qui avait réussi à se faufiler à travers l'agitation des rues et de toutes les autres voitures se déplaçant au milieu d'immenses boulevards, elle se sentit transportée dans une sorte de mélancolie. Il lui sembla que les temps anciens et les temps nouveaux avaient fusionnés. L'espoir aussi bourgeonnait dans l'air. C'était déroutant pour elle, cette juxtaposition d'un passé avilissant et d'un présent plein d'espérance, comme une crise identitaire pour laquelle on n'arrivait pas à choisir entre les différentes options possibles. Elle regardait dans la rue les visages des personnes âgées, les regards endurcis, les marques d'oppression, les expressions affichant l'impossibilité d'être libre et elle les comparait avec les expressions joyeuses des jeunes dans leurs jeans déchirés, leur approche insouciante de la vie, les possibilités infinies qui semblaient dicter leur vie.

Alors qu'il ne fallait que quelques heures d'avion pour aller de Paris à Bucarest, une fois arrivée elle se sentit ailleurs, à des lustres de la réalité de la vie roumaine, de cette notion de dictature et de ce que cela fait à un peuple d'être sous cette emprise. Elle avait hâte de trouver un fil conducteur, ce brin de soie qui tisse la toile de l'humanité. Elle ouvrit la bouche pour parler au chauffeur de taxi mais sa voix resta bloquée dans sa gorge. Son ignorance de la langue imprégnait le silence. Elle serrait dans ses mains le dictionnaire roumain-français qu'elle avait acheté à l'aéroport, sentant son inutilité. Elle avait été capable de sortir un *Vă mulțumesc* – je vous remercie –au conducteur avec un accent inintelligible, en lui glissant un pourboire supplémentaire. Alors que son expression restait figée quand elle lui parlait, quand il aperçut les lei[39] qu'elle tenait dans ses mains, il avait soudain retrouvé un large sourire.

Elle s'approcha de ce qui devait être la boutique : un bâtiment délabré, une structure de ciment dur qui semblait être tout ce qui restait d'un malheureux établissement. Des barbelés entouraient la propriété, et des chiens galeux aux corps décharnés, affamés

---

39   Monnaie roumaine

et négligés, surveillaient les allées et venues du quartier. Thérèse avisa le petit écriteau sur la porte, où, griffonné en lettres noires fanées, était écrit « *Vechi Si Noi* » – Ancien et Nouveau– Elle regarda alors aussi au coin de l'immeuble et remarqua un écriteau plus petit, caché par quelques buissons trop grands, qui n'avaient probablement pas vu de taille-haie depuis des années. Il indiquait : « Orphelinat ». *Oh mon Dieu ! Cela devait sûrement être un de ces horribles orphelinats sur lesquels j'ai lu des articles de presse.* Elle frissonna en prenant une profonde respiration et ouvrit la porte.

Un mélange écœurant d'odeur de javel, de moisissure et de déchets l'envahit. De la poussière et une improbable souris s'échappèrent d'un coin sombre. Elle vit la peinture qui se décollait des murs et les planchers qui se soulevaient. Elle eut le sentiment qu'au fil des ans de nombreux pas les avaient foulés. Elle regarda une des chambres dans son ensemble jusqu'à son extrémité et vit une petite empreinte de main peinte sur le mur. Elle eut du mal à respirer, sentant la proximité de cet enfant, un de ceux qui avaient été logés dans ce bâtiment notoire, attendant le destin anéanti de sa petite vie. *Je me demande ce qui est arrivé à ce petit ?*

Un homme d'âge mûr s'approcha, le dos courbé. Sa peau était rugueuse, ses mains pleines de calles après sans doute des années de travail ardu. Il regarda Thérèse et scanna en quelque sorte son visage, puis regarda ses bottes.

« *Bună* », lui dit-il, la voix rauque. Puis en s'éclaircissant la gorge, il se dirigea vers le panneau accroché sur la porte, le retourna et « Ouvert » devint « Fermé ». Il pointa le doigt vers l'écriteau en lui montrant la sortie.

– *Vă rog... vioara.* – S'il vous plaît. Violon.

Juste à ce moment-là, une femme forte sortit de l'obscurité. Une sorte de tissu dégoutant était suspendu à son avant-bras. Elle aussi regarda les bottes de Thérèse.

Putain de merde ! Je n'aurais jamais dû mettre ces bottes. Elle les avait achetées sur un coup de tête un jour, dans une boutique rue des Lilas à Paris. Elle n'achetait jamais rien pour elle, et surtout pas des chaussures de créatrice. *À quoi je pensais ? Pourquoi j'ai mis ça aujourd'hui ?*

« — *Ești franțuzoaică ?* – Vous êtes française ? –

Thérèse ouvrit son manuel de traduction et hocha la tête. La femme fit un clin d'œil à son mari, puis se tourna vers Thérèse et, d'un brusque hochement de tête, lui sous-entendit qu'elle pouvait rester là et avoir le violon. Son mari partit un long moment, et pendant ce silence, la femme fit semblant de dépoussiérer les étagères. Elle étala surtout la saleté de son chiffon sur chaque objet, leur donnant un léger reflet noir. Son mari revint et présenta à Thérèse un étui, noir lui aussi.

— Vingt-cinq mille lei. »

Thérèse déglutit. Elle étala tout l'argent qu'elle avait changé à l'aéroport. L'homme compta et secoua la tête. Sa femme retourna au comptoir. Son chiffon était encore plus sale qu'avant. Elle indiqua la montre de Thérèse. Thérèse aurait voulu crier. C'était la montre de sa mère, son bien le plus précieux. *Ces gens me jaugent. Putain de bottes ! Et pourquoi ai-je parlé en français ? Je suis stupide.*

L'homme et sa femme avaient le regard fixé sur le violon et secouaient la tête. Ils se marmonnaient des choses. Thérèse toucha le bracelet en or de sa montre et sentit les larmes lui monter aux yeux. Comme elle caressait le métal lisse, la vision d'une famille roumaine surgit dans son esprit. Ils étaient réunis pour le Séder de Pessa'h, lisant l'Haggadah. Les bougies brûlaient, et le son d'un violon emplissait dans la pièce pendant que le père jouait. Les notes mineures touchaient au cœur.

Ce violon aurait pu appartenir à cette famille qui avait péri dans les chambres à gaz. Ses doigts avaient alors défait le fermoir. Le métal élégant était passé de sa main à celle de la femme qui saisit la montre et l'enserra dans ses mains boudinées. Puis son mari tendit la main. Il sourit. Et ce sourire démontrait ce que son pays lui avait fait. Il révélait la douleur et l'angoisse, les abus, la torture, mais aussi la résilience, reflétant cette culture qui avait su rester imperméable aux maux de la sphère politique. Comme Thérèse prenait sa main et la serrait pour le remercier, à cet instant précis il y eut quelque chose d'infini, un lien humain fait de compréhension dans un monde rongé.

Thérèse sortit de la boutique dans la rue sordide en tenant fermement l'étui du violon. Elle commença à courir le long des trottoirs irréguliers. Des détritus jonchaient le sol, partout. Elle ne savait même pas où elle allait. Elle adressa une prière silencieuse à sa mère alors que l'orage éclatait, envoyant de l'eau gicler partout, recouvrant ses pas, les trottoirs, et tout ce qui autour d'elle essayait de survivre.

* * *

Monsieur Bernovitch souleva le fin velours qui recouvrait le violon. Il remit l'instrument à Philippe, qui l'examina avec sa loupe.

Il loucha.

« Il y a quelque chose d'écrit ici.

Il chaussa ses autres lunettes, celles qui grossissaient davantage, en approchant une lumière plus forte de l'instrument, près de l'ouïe. Il nota les mots roumains, et, après avoir consulté son livre de traduction, il eut du mal à respirer.

– Quoi ?... Demandèrent les deux autres, retenant leur respiration. Qu'est-ce que ça dit ?

– À *ma Codoi chérie, mon Elena. Ton Nicolae.*

– Comme Ceaușescu ?

– On dirait bien. C'était son terme d'affection pour elle.

– Oh mon Dieu !

– Comme on le sait, elle a toujours voulu jouer du violon.

147

Quand elle était enfant, sa famille était trop pauvre pour lui offrir ce genre de choses.

Philippe poursuivit ses recherches dans les entrailles du violon. Son visage se tordit à nouveau, cette fois encore plus.

— Je tiens le stradivarius *Lady Blunt*, l'un des plus grands et plus précieux violons.

Jacob courut à ses livres et les feuilleta frénétiquement.

— Il a appartenu pendant un temps à Georges Enescu, le violoniste et compositeur de renom. Juste avant l'occupation soviétique de la Roumanie et avant sa fuite ultérieure vers Paris. On raconte qu'il a donné ce violon à son élève bien-aimé, Schlomo Lerner. Monsieur Lerner est devenu le musicien le plus aimé du pays, mélangeant tradition et classique dans un même coup d'archet. L'année où il reçut ce violon, il fut envoyé avec sa femme et son fils de huit ans à Auschwitz. Son fils est le seul survivant. Il vit au Canada, et il est le premier violoniste de l'Orchestre symphonique de Vancouver. »

Ils se turent quand Philippe joua l'une des rhapsodies roumaines d'Enescu. L'image du lever de soleil sur les montagnes à perte de vue de Roumanie remplissait l'air de la pièce, l'obscurité se transformant en lumière en une seconde.

CHAPITRE 28

Une pluie fraîche les accueillit. À l'aéroport, un violoniste jouait des chansons folkloriques roumaines, un mélange de mélodies mineures sur un rythme qui fit danser Marlene autour de sa fille. Gabriela la regarda légèrement gênée, et elle arrêta de danser, mais elle ne pouvait s'empêcher de savourer le sourire sur le visage de sa fille et cette légèreté dans sa démarche. Elle examina son enfant maintenant adolescente, forte, franche, passionnée et belle, de retour dans le pays de sa naissance. Gabriela rayonnait et regardait partout, observant les gens autour d'elle. Elle riait tout en signant :

« Je me demande qui est la plus heureuse d'être de retour ?

— Je suis juste en train de mesurer le chemin que tu as parcouru depuis la dernière fois que nous étions ici.

Gabriela sourit, elle attrapa la main de sa mère et tournoya autour d'elle pendant que le violon jouait des notes mineures et majeures de plus en plus dissonantes sur un rythme entrainant, faisant tournoyer Marlene de plus en plus vite pendant que sa fille se balançait. Une petite foule s'était rassemblée, et quand le violoniste eut fini le morceau, des applaudissements éclatèrent, des gens jetèrent des pièces dans l'étui du violon.

— Je ne savais pas que tu aimais danser, dit Gabriela pendant qu'elles récupéraient leurs valises et les roulaient à travers l'aéroport.

— Tu sais quoi ? Moi non plus ! Répondit Marlene en rigolant.

149

Peut-être que j'ai un lien inné avec ce lieu où tu es née.

– Hmmm. Peut-être… »

Elles prirent le train. Durant la majeure partie du voyage, Gabriela resta silencieuse, regardant par la fenêtre. Marlene aussi était silencieuse et découvrait un monde qui lui semblait complètement différent de ce qu'elle avait vu neuf années plus tôt. Ce dont elle se souvenait, c'étaient des pans entiers de désordre, de chaos hors de contrôle, un monde qui était devenu fou. Le train quittait la ville et traversait une campagne luxuriante entourée de montagnes majestueuses. À chaque virage, dans chaque tunnel, le train prenait de la vitesse, elle sentait une résurgence, une vie qui pulsait, qui avait repris son cours.

Après un long trajet en taxi depuis la gare la plus proche, elles arrivèrent devant une maison en bois abimée, entourée de toutes parts par des champs de blé. En sortant du taxi, la première chose qu'elles respirèrent fut l'air frais. La légèreté de la pluie avait permis aux pousses les plus tendres de l'herbe de sortir. Elles s'épanouissaient, à leurs pieds. Un vieil homme, penché, sourit et les salua. Ses cheveux, faits de mèches de gris, ornaient un visage où apparaissaient les fines rides d'un octogénaire. Sa femme, tout aussi penchée, souriait abondamment à la vue des nouvelles arrivantes qui approchaient – la mère et la fille. Elle leur tendit la main. Cela ne fut visiblement pas suffisant car après une première poignée de main, elle tira la jeune fille à elle et embrassa cet être dont les racines étaient roumaines. Elle se tourna alors vers Marlene et la serra dans ses bras chaleureusement.

« *Copil român frumos* ! ! !» – Belle enfant roumaine ! ! ! –Elle montrait Gabriela tout en souriant à Marlene. « *Frumos, frumos* ! » – Belle, belle – Marlene n'était pas sûre de ce qu'elle disait exactement, mais c'était certainement élogieux. *Je savais que j'avais oublié quelque chose. Mon dictionnaire roumain-anglais. Il était là posé sur mon lit. Je n'arrive pas à croire que je l'ai oublié. J'étais tellement occupée à danser à l'aéroport que j'ai oublié d'en racheter un.*

— Merci, lui répondit Marlene. Et ils s'embrassèrent tous à nouveau. Le mari de presque quatre-vingt-dix ans insista pour porter le sac de Marlene tandis que le couple les entrainait à l'intérieur de la maison. Les odeurs étaient extrêmement alléchantes, le déjeuner était prêt. Ils s'assirent tous autour de la minuscule table rectangulair, et mangèrent du ragoût et du pain frais. La maison était simple, assez sombre, avec des murs qui avaient vraiment besoin d'une couche de peinture. Le mobilier de la seule pièce était clairsemé, une table, quatre vieilles chaises et un canapé déchiqueté et décoloré qui tombait en morceaux.

Les seuls bruits étaient ceux qui émanaient des convives qui mangeaient. Les saveurs du ragoût reflétaient l'âge du terroir, un pays riche d'histoire, une terre qui avait été décimée par les guerres et les prises de pouvoir, la pauvreté et le deuil. À ce moment-là, la nourriture, c'était la vie, et c'était sûrement le cas à chaque repas préparé dans cette humble cuisine.

L'homme et la femme regardaient Gabriela, qui souriait en mangeant. Sans mot, elle savait comment communiquer avec ce couple et leur transmettre tout ce qu'ils voulaient savoir. Après le déjeuner, les époux leur montrèrent où elles dormiraient : dans la grange sur un lit de paille. En montrant à Marlene et Gabriela leur maigres offrandes qui consistaient à leur donner à chacune un drap propre et une couverture usée, la chaleur illumina leur visage. Ensuite ils leur présentèrent les deux vieux chevaux qui serviraient pour les moissons. Puis, après une dernière embrassade, ils firent le geste de joindre les paumes de leur main ensemble en les collant contre leur joue et en fermant les yeux, indiquant que c'était l'heure de la sieste. Et ils quittèrent la grange.

« J'adore cet endroit ! J'aime ces gens ! » Le visage de Gabriela s'éclaira et ses yeux pétillèrent. Elle se roula en boule sur la paille et s'endormit d'un sommeil profond.

* * *

Au moment où l'avion atterrit à Bucarest, elle sut qu'elle était chez elle. Elle sentit que sa mère le savait aussi. Sa danse le prouvait. Dans le train elle regardait la terre s'étendre, et elle se souvint du voyage depuis sa première maison vers l'orphelinat. Elle se représenta des kilomètres de terres agricoles luxuriantes. Elle se rappela avoir pensé : « C'est chez moi. ». Elle ne savait pas où sa mère biologique l'emmenait ce jour-là. Elle était si petite. Mais elle se remémora s'être sentie heureuse et triste à la fois. Heureuse parce qu'elle avait la certitude que c'était chez elle tout ça, et triste parce qu'elle avait la sensation, à un certain niveau, qu'elle abandonnait quelque chose. Comment avait-elle compris tout cela ? Elle était si petite. Tout ce dont elle avait conscience c'était que dans le train, puis dans le taxi, tout lui était revenu. Et puis quand elles avaient rencontré le vieil homme, et surtout la vieille femme, et qu'elle les avait embrassés. Elle avait su qu'ils étaient de la famille. Est-ce que c'était leur odeur, ou la chaleur dans leurs yeux, ou les sons de la langue roumaine qu'elle ne pouvait pas entendre mais qu'elle ressentait, la façon dont leurs bouches bougeaient quand ils parlaient, la façon dont ils utilisaient leurs expressions et leurs mains pour transmettre cette intensité dans leur accueil qui l'avait touchée jusqu'à son cœur, jusque dans son âme ?

Elle ne se souciait pas du genre de travail qu'ils voudraient qu'elle fasse. Elle voulait tout faire pour ces deux-là. Elle avait vu une image de sa mère biologique dans leurs visages. Elle avait vu sa beauté, sa douleur, son angoisse alors qu'elle la laissait à la porte de l'orphelinat.

* * *

« D'accord. À toi. » dit Gabriela en agitant ses mains et en riant, alors qu'elles étaient en train de peigner et de brosser les chevaux, les laissant se reposer après leur longue journée de labeur.

Tous les quatre formaient une bonne équipe. Ils se réveillaient tôt, à 6 heures du matin. Avec le soleil. Pain, confiture, accompagnés de café pour le petit déjeuner, à table avec les anciens. Pas beaucoup de conversation, juste des sourires et des rires puis chacun commençait sa journée. Le vieil homme distribuait les tâches. Lui et les plus jeunes nourrissaient les chevaux avant de les atteler à la moissonneuse. Jusqu'à midi, les chevaux travaillaient, et de nouveau en fin d'après-midi, tous les trois à leurs côtés. Tous ensemble ils fauchaient et ramassaient le blé dans une cadence qui rythmait la journée. Le blé était leur vie, un condensé de vie, la substance qui les nourrissait, eux, le village et les villes voisines. Le vieil homme sifflait et fredonnait pendant qu'il œuvrait. Marlene et Gabriela étaient silencieuses et regardaient de temps en temps autour d'elles laissant la luxuriance de la Transylvanie nourrir leur être. La courbe des collines montagneuses les accueillait et la fraîcheur de l'air les baignait. Chacun de leurs muscles était douloureux à la fin de la journée, une douleur qu'elles n'avaient jamais ressentie auparavant. Gabriela ne semblait pas s'en soucier, et, chaque fois que Marlene regardait sa fille, elle relevait un sourire qu'elle n'avait jamais vu avant, un sourire qui semblait venir d'une satisfaction très profonde.

Le samedi, le vieil homme se rendait au marché pour vendre ses céréales séchées, finement pilées et triées par sa femme, une tâche qu'elle accomplissait tous les jours, sauf le dimanche. Les jours de marché, Marlene et Gabriela l'aidaient et faisaient aussi d'autres tâches dans la maison. Elles peignaient les murs, réparaient les fissures, balayaient les sols sales, et aidaient à cuisiner les repas.

Les jours succédaient aux jours puis aux semaines dans une sorte d'intemporalité. Un jour, le rythme du temps commença à changer, du subtil à l'évident, dans la position du soleil, dans la lumière qui s'affaiblissait.

L'été touchait à sa fin.

Les valises furent faites, Marlene et Gabriela se tenaient devant la vieille maison. Les embrassades ne s'arrêtaient plus. Les baisers sur les joues non plus. Ils étaient tous en larmes. Le taxi arriva et emmena les filles à la gare. Le train errait en longueur à travers les fleuves et les montagnes, à travers un pays apparemment sans tache. Le regard vague, Marlene et Gabriela fixaient en silence le paysage au travers de la fenêtre, se laissant envahir par la magnificence de l'été qu'elles venaient de vivre.

Leurs corps avaient bronzé, étaient devenus plus forts, et leurs esprits s'étaient purifiés. A Bucarest, elles plongèrent dans la cacophonie de la ville. À l'aéroport, Marlene essaya de s'enregistrer avant de constater que leur vol avait été annulé. Elle avait appris les bases du roumain au cours de l'été, avec une facilité qu'elle ne se connaissait pas, ce qui lui permit de discuter avec l'agent qui vendait les tickets pour essayer de déterminer ce qu'il fallait faire. Gabriela survolait de son regard l'agitation de la foule de l'aéroport.

Sa vue était très bonne, meilleure que celle de la plupart des gens avaient dit les médecins à sa mère. Au bout du terminal, il y avait une femme qui courait, une femme avec un violon. De loin, on aurait dit qu'elle était en retard pour prendre un avion.

« Maman ! » s'agita Gabriela. Sa mère était debout, elle attendait l'employé qui devait revenir.

– Qu'est-ce qu'il y a ma chérie ?

– Je viens de voir la femme au violon !

– Quelle femme au violon ?

Marlene semblait distraite, préoccupée par la situation dans laquelle elles se trouvaient.

– La même femme, celle que j'ai vue à Berkeley, dans les toilettes de la pizzeria *Cheese Board*. Tu te souviens que je t'ai dit que peut-être on la reverrait un jour ? » Ses mains bougeaient avec rapidité pour exprimer ce qu'elle voulait dire, même si elle ne parvenait pas à obtenir toute l'attention de sa mère.

Marlene sourit à l'employé de la compagnie aérienne qui était revenu et leur délivrait de nouveaux billets. Elles avaient été enregistrées sur un autre vol qui partait dans vingt minutes.

« *Mai bine fugi* !» – Tu ferais bien de courir – Dit l'employé de la compagnie aérienne en agitant ses deux mains.

Elles foncèrent. Puis s'écroulèrent sur leurs sièges, bouclèrent leurs ceintures de sécurité, soulagées et essoufflées. Elles avaient été les dernières à s'asseoir dans l'avion. Marlène regarda sa fille, reprit sa respiration, et sourit enfin à sa fille :

« Au fait ma chérie, qu'est-ce que tu as dit à propos de la pizza ? »

TROISIEME PARTIE

La vieillesse, enfin pas tout à fait
Cinq ans plus tard

Juin 2000

Thérèse brossait ses cheveux gris. Des fils d'argent surlignaient les mèches auburn et brunes qu'elle avait fait teindre chez le coiffeur comme tous les mois. Elle se regarda avec attention dans le miroir ce matin-là. Elle vit l'empreinte des années sur son visage. Les moments de douleur et d'exubérance s'exprimaient sur son front, roulaient sur ses pommettes, laissaient leurs traces jusque sur son menton. Tout y était inscrit, elle le voyait en serrant la barrette sur les mèches douces de ses cheveux, la touche finale de cette préparation pour ce grand jour.

Elle enfila ses talons et un pull léger, balança son sac à main sur l'épaule, ferma et verrouilla la porte de son chalet bien-aimé. En se dirigeant vers sa voiture, elle sentit les fleurs nouvelles du jasmin en floraison qui s'étaient ouvertes la veille. Pendant qu'elle roulait vers Grenoble, sur cette autoroute familière, son lien avec le monde depuis tant d'années, elle ouvrit sa fenêtre pour sentir la brise fraîche. Tous les champs de renoncules et d'oignons sauvages qui auraient dû être en fleurs à cette époque de l'année avaient disparus, ces champs de blanc, de mauve et ces jaunes qui se répandaient dans un tumulte de brillance. Des immeubles résidentiels et des centres commerciaux avaient remplacé ces espaces. Le roi béton s'étalait dans toutes les directions. Certains auraient pensé que c'était le meilleur des mondes. Pour elle, c'était un signe d'impuissance.

Elle gara sa voiture dans le nouveau parking à cinq étages de la gare de Grenoble. Les wagons étaient déjà sur le quai, TGV pour Paris. Elle y serait en à peine trois heures. Le train sortit de la gare avec la grâce d'une femme qui se déshabille, ses effets de soie tombant légèrement sur le sol. Au fur et à mesure que Grenoble s'éloignait du paysage, le flou de la banlieue tentaculaire disparaissait. Son esprit calmé, elle ferma les yeux un instant.

Quand elle les rouvrit, la campagne la sollicitait, l'enjoignant à dénouer devant elle le kaléidoscope de ses souvenirs dépliés en éventail, image après image.

Deux cents instruments de musique jusqu'à maintenant.

Son esprit se posait sur ce constat.

Il y aurait deux cents instruments à Paris ce soir, tous rassemblés en un seul et même lieu.

Et elle, elle avait trouvé chacun de ces instruments, et des centaines d'autres. Certains instruments qui appartenaient aux descendants des survivants de l'Holocauste, mais aussi des dizaines d'autres instruments dont les propriétaires étaient soit inconnus, soit sans lien avec le génocide. Sa vie avait été remplie de cela : cette recherche, cette quête. Et encore, il en restait tant à retrouver.

Des milliers d'autres.

Deux cents, ce n'était qu'une goutte d'eau dans la mer. Son esprit passa en détail chacun d'eux. Chaque violon, chaque violoncelle, chaque alto, et même la contrebasse qu'elle avait trouvée, avait quelque chose en lui qui était plus grand que la vie, comme si un esprit, habitant le morceau de bois mort, était ressuscité par la redécouverte. En tenant chaque instrument, d'une certaine façon elle entendait les cris, les pleurs, le chagrin infini, les corps jetés ensemble, les cadavres d'un autre temps dont les cendres flottaient comme des lucioles mutilées dans le ciel nocturne. Elle savait que pour chacun de ces morts de la musique avait été jouée, une voix angélique qui avait émergée de l'archet et du corps de bois.

C'était l'âme de l'instrument qu'elle voulait trouver, découvrir, pour la ramener à chaque famille, de sorte que même si une seule personne mettait ses doigts sur la touche et laissait l'archet naviguer jusqu'aux profondeurs infinies, elle saurait ce que signifie *Survivre*. De ses quinze ans de recherche qui étaient loin d'être terminées, Thérèse avait appris le coté transcendant de la musique. Elle avait compris comment les instruments à cordes faisaient écho au bon côté de l'humanité, que l'âge du bois correspondait à la sagesse et à l'intégrité résultant de l'existence humaine, et que la beauté du son ne s'approfondissait qu'avec l'âge. Elle avait fait ce que sa mère voulait pour elle finalement, mais elle avait assimilé tellement plus encore. À travers chaque instrument qu'elle avait débusqué dans des endroits divers, en Europe, en Australie, en Nouvelle-Zélande, au Canada, aux États-Unis, elle avait trouvé une certaine grandeur, une démesure et pas seulement dans la valeur pécuniaire de ces instruments, même si la plupart d'entre eux coûtait vraiment cher. Plutôt une majesté héritée du fait, qu'à une époque, avant la guerre, tous ces instruments avaient été chéris, comme des enfants adorés, des êtres précieux nés de parents attentifs et aimants.

Et chaque fois qu'elle avait pris son train habituel pour se rendre à Paris, avec un nouveau venu en main, il y avait, dans cette ville où les miracles arrivent, une rencontre entre cet instrument et son propriétaire, une place pour les larmes et les souvenirs qui inondaient la pièce, alors que les membres de la famille pleuraient et pleuraient, en l'embrassant elle et monsieur Bernovitch, l'homme qui avait organisé ce retour pour chacun d'entre eux.

Jacob avait été approché par plusieurs stagiaires potentiels qui voulaient venir l'aider, mais il avait refusé la plupart de ces propositions. Seuls certains stagiaires avaient été acceptés pour classer et organiser les instruments dont les propriétaires étaient inconnus. Là où était le bureau, il y avait désormais, stockés avec soin dans une pièce du bâtiment, des centaines d'instruments à corde. Au départ, Jacob avait dit à Thérèse qu'il pensait vendre ces instruments aux enchères. Puis, lors d'une discussion récente, il avait révélé que ses plans avaient changé au fur et à mesure qu'il se préparait à donner tous ces instruments à ceux, nombreux qui, dans le monde entier, en avaient besoin.

Au fil des ans, il continua à faire savoir à Thérèse qu'il voulait uniquement qu'elle aille chercher les instruments, qu'elle fasse ce travail monumental de détective. À plusieurs reprises il lui avait rappelé qu'elle avait un don inné pour la musique.

« Vous avez, ma chère madame Aguillon, une compréhension infinie de la douleur, de la perte et de la tragédie derrière chacune des vies perdues que nos instruments représentent. » lui avait-il déclaré lors d'un ses voyages à Paris. « Je suis certain que ma vision, mon rêve de trouver tous ces instruments cachés ne peut se réaliser que grâce à votre aide, votre perspicacité, votre compassion, votre persévérance, et votre amour de la musique. Et bien que vous ne soyez pas musicienne, je sens que dans votre âme, vous êtes profondément faite de musique.

Il avait fait une pause.

— Et même si vous n'êtes pas juive, vous comprenez l'Holocauste et ce qu'il signifie pour l'humanité.

Thérèse était restée bouche bée ne sachant comment répondre à tous ces compliments. Elle avait ressenti quelque chose en elle comme une sorte de fierté, mais aussi de l'inconfort à l'exprimer, et avait choisi de changer de sujet.

— J'ai une question pour vous.

— Oui ?

— Vous souvenez-vous que, lorsque j'étais sur le point de partir pour Bucarest, vous m'aviez dit que vous aviez une histoire à me raconter ? Je suis curieuse de savoir comment vous avez retrouvé la trace de ce violon, celui qui s'est avéré appartenir à la femme de Ceauşescu, le stradivarius *Lady Blunt* dans la mesure où vous n'aviez jamais parlé avec le couple propriétaire de la boutique d'occasion ...

Jacob s'était tu et avait regardé par la fenêtre.

– Oh oui ! Vous êtes une détective en or ! Vous vous souvenez des moindres détails. Des choses dites mais aussi des non dites.

Il avait souri.

Thérèse l'avait regardé, attendant sa réponse. Pendant longtemps, elle s'était interrogée sur certains de ses secrets.

– Je dois admettre que je vous ai caché certaines informations.

Thérèse, silencieuse, avait attendu. Elle avait senti son visage devenir rouge vif. Il s'était mis à trembler un peu.

– Est-ce que tout va bien ?

Il s'était arrêté. Il lui avait semblé qu'il était sur le point de pleurer.

– Oui. C'est difficile à dire.

Thérèse avait patienté encore. Elle avait été entraînée à attendre les révélations.

– Vous devrez garder secret ce que je vais vous dire.

– Bien sûr. C'est mon métier.

– Oui. Bien sûr.

Il avait fait une pause. Puis il avait pris une profonde inspiration.

– J'ai une maîtresse.

Il s'était de nouveau arrêté.

– Elle voit et entend des choses que je ne sais pas.

Il fit une nouvelle pause.

– Je n'ai pas trouvé tous ces instruments tout seul. Par exemple, c'est elle qui a préparé le terrain pour vous à Bucarest.

Il s'était encore une fois interrompu. Il semblait presque essoufflé.

– Je... Je la connais depuis l'enfance... avant les camps. Elle est mariée. Oh mon Dieu,

J'en ai assez dit !

— Ce n'est pas grave. Je comprends. Vous n'avez pas besoin de m'en dire plus. C'est bien que vous ayez de l'aide. Et c'est beau que vous aimiez quelqu'un. »

Elle avait été sur le point de s'excuser d'avoir posé la question mais elle s'était retenue.

Le sujet n'avait plus jamais été abordé.

* * *

Deux cents de ces instruments dans une même pièce.

Thérèse, dans le train, admirait les champs tout en se concentrant sur le projet pour lequel l'association avait travaillé pendant deux ans. Elle se rappelait précisément le jour où l'idée de cet évènement avait germé.

« Et si nous rassemblions tous les instruments récupérés dans un même espace ?» avait pensé Jacob à haute voix ce jour-là, en caressant sa longue barbe de ses doigts usés et âgés, qu'il promenait entre ses boucles fines.

— Et si … ? avait répondu Philippe en écho, alors qu'il déroulait les mèches de l'archer de la contrebasse apportée par Thérèse ce matin-là, celle qu'elle avait ramenée de Prague. Il avait remarqué que le son de l'instrument était éthéré, d'une qualité qui surpassait toutes les contrebasses qu'il avait essayées. « Celle-ci parlait à la terre », avait-il statué. L'immensité de sa profondeur tonale semblait aller au-delà de la conscience humaine.

— Oui, et si, avait-il continué, nous invitions tous les propriétaires, les familles de ces instruments spectaculaires et nous les faisions jouer tous ensemble dans un concert ? Un concert qui honorerait les survivants, et rendrait hommage à ceux qui ont péri.

Thérèse et Philippe avaient fixé Jacob et attendu qu'il continue.

— Oui, et si...

Il s'était alors interrompu, réfléchissant, ses doigts tripotant encore plus ardemment sa barbe, comme si la réflexion de son cerveau était intimement liée aux poils qui poussaient sur son visage.

– Ces instruments représentent beaucoup pour ces familles, pour notre culture, pour notre connaissance intérieure, pour comprendre que survivre à la torture veut tout dire pour nous en tant que peuple. Dans ce lieu, un jour, en tant qu'enfants et petits-enfants, nièces et neveux de ceux qui ont été gazés, dans ce lieu, la musique retentira, et les sons de nos ancêtres et celui des profondeurs de l'âme de ces instruments se rejoindront.

Son visage était devenu tout rouge à ce moment-là, alors que des larmes ruisselaient sur ses joues.

– Merveilleuse idée, avait simplement approuvé Thérèse, sentant la force et la puissance du moment.

Philippe avait hoché la tête en signe d'assentiment, ajoutant un :

– Faisons-le ! »

Alors que Thérèse s'approchait de plus en plus de Paris, elle sentait son ventre se tordre d'angoisse. Après tous ces mois de préparation et d'organisation, l'événement était sur le point de se concrétiser. Elle fera les yeux, se sentant apaisée par la vue des vaches dehors, les kilomètres et kilomètres de terres agricoles, encore vierges de développements urbains. À cet instant, les souvenirs de tous ses voyages dans les dépôts-ventes du monde entier se mélangèrent dans un grand flou.

Juste avant que le sommeil ne l'emporte, une vision affleura son esprit. Celle de cette fillette dans une boutique d'occasions à Carrickalinga en Australie du Sud, l'anglais maladroit de Thérèse, la fascination de l'enfant pour le violon, son regard.

« Tu joues du violon ? avait-elle demandé à Thérèse. Sa peau foncée d'aborigène brillait dans la lumière du soleil qui traversait les fenêtres dans la petite boutique.

– Non, avait-elle répondu d'une voix empreinte de mélancolie et de constatation des faits. Je l'achète pour un ami.

— Tu devrais jouer du violon en fait, lui dit-elle. Ma maman dit qu'un jour, je pourrais jouer du violon, quand on aura l'argent des allocations. Elle m'a dit qu'elle m'achèterait un violon dans ce magasin d'occases.

— Eh bien alors j'espère que cela t'arrivera bientôt ! On dirait que tu as vraiment envie d'apprendre à jouer du violon ! »

Le visage de la petite fille s'était soudain illuminé puis elle était retournée auprès de sa mère, qui était en train de regarder les sous-vêtements et les chaussettes. Elle avait payé et elles avaient quitté le magasin.

Après que Thérèse eut finalisé l'achat de l'instrument, en attendant dehors, dans la chaleur de cette journée d'été à presque 46 degrés, elle avait cherché la fillette. Elle avait disparu. Thérèse s'était alors rappelé son arrivée au dépôt-vente, et l'absence de voiture sur le parking en dehors de la sienne. Elle avait imaginé l'enfant et sa mère, à pied, marchant dans la chaleur écrasante. Le souvenir de la frimousse de la fillette, son sourire incandescent à l'idée de ce rêve - jouer du violon - revenait sans cesse dans l'esprit de Thérèse au fil des ans.

Le violon qu'elle avait tenu entre ses mains ce jour-là, s'était révélé être un Stradivarius. Dix ans plus tard, exactement cinq heures après que Thérèse se fut endormie dans le train, elle aurait pu, de nouveau, écouter cet instrument, joué par Louise Loz, venant d'Australie du Sud, petite-fille de Jacob Loz, ancien premier violoniste de l'Orchestre symphonique de Prague, gazé à Auschwitz en 1942.

* * *

Thérèse prit place sur son siège, fascinée par la glorieuse Sainte-Chapelle. Pendant deux ans, ils avaient travaillé pour sécuriser ce lieu, où les arches gothiques s'étiraient à l'infini, juxtaposant les ténèbres et la lumière. La couleur s'y diffusait partout, passant par les vitraux, se propageant au bleu roi éblouissant du plafond. L'acoustique de cette chapelle surpassait tous les autres lieux de Paris. Pendant plusieurs mois, le gouvernement avait refusé leur demande au motif qu'il y aurait trop de musiciens et que la chapelle ne pouvait pas en contenir autant.

Jacob avait effectué des recherches approfondies sur les concerts qui y avaient été joués auparavant. Il avait découvert que des événements avaient accueilli autant de musiciens et de chanteurs sinon plus que le nombre qu'il avait proposé. Certes en de rares occasions. Il se demandait quelle était la raison de ce refus initial. À à la dernière minute, il avait obtenu l'autorisation nécessaire.

Dans les coulisses, un peu plus tôt, Thérèse avait aidé les musiciens à se concentrer. Beaucoup d'entre eux étaient déjà émus ou pleuraient, rien qu'en préparant leurs instruments et en réglant leurs archets. Certains avaient traversé la planète pour venir jouer ce concert, d'autres avaient simplement pris le métro ligne 4 jusqu'à la station Cité, boulevard du Palais dans le 1er arrondissement. Chaque musicien venait avec son histoire, celle d'un anéantissement, et chaque musicien avait dans ses mains un instrument retrouvé dans un magasin d'occasion poussiéreux, quelque part dans le monde. Beaucoup venaient naturellement saluer Thérèse et l'embrassaient, pourtant plusieurs ne l'avaient jamais rencontrée.

Puis vint l'appel pour aller prendre place ensemble dans la chapelle palatine.

Un par un, dans une file parfaitement organisée, ils marchèrent, violons et altos sous les bras, violoncelles et contrebasses portés comme on porte ses enfants. Des centaines de personnes composaient le public, certaines assises à l'intérieur, des centaines d'autres dans la queue, dans les rues, regardant les caméras, debout et applaudissant. La salve de ces applaudissements à leur arrivée dura une quinzaine de minutes, l'émotion qui passait dans les mains des participants était écrasante et énergisante.

Enfin, les musiciens s'assirent. Seul le bassiste était debout, posté comme une sentinelle.

Jacob se tourna vers le public et parla en français, en hébreu, puis en anglais. Il raconta sa propre histoire, mais également beaucoup de bribes des histoires des autres. Les récits s'entremêlaient, mais, dans tous, le point commun était la musique. La musique qui survit aux tortures de l'Histoire, aux ruptures qui frappent l'espèce humaine.

Ensuite il s'assit, et Itzhak Perlman monta sur la scène, les béquilles à la main. Le public s'exclama en le voyant, se souvenant de sa superbe interprétation de la partition créée par John Williams pour le film *La Liste de Schindler* qui avait déplacé des milliers de spectateurs partout dans le monde.

Le premier morceau fut une *Élégie pour cordes, Opus 58* d'Edward Elgar, morceau qui exprime la sensation de la perte, la tragédie du peuple juif, mais aussi l'espérance et la rédemption transmise par des gens comme Oskar Schindler et Jacob Bernovitch.

Les yeux du public s'embuèrent lorsque les violons se joignirent aux violoncelles, aux altos et à la sonorité profonde de la contrebasse. L'orchestre, en jouant, rassembla tout ce qui était sur Terre, tout ce qui fait l'humanité, intégrant en lui la transcendance de la douleur de l'existence humaine. Les instruments, tous précieux, tous anciens, créèrent une harmonie somptueuse dans la chapelle sublimée par l'acoustique retentissante, portant cette musique encore et encore, jusqu'aux sommets gothiques et au-delà. Tout Paris écoutait ce concert. Dans les rues, les petits appartements, les chambres d'hôtel luxueuses, les restaurants aux lumières tamisées, les cafés, pas un bruit ne résonnait, excepté la musique qui s'envolait de la Sainte- Chapelle.

Après *l'Élégie* d'Elgar, ils jouèrent la *Pavane pour une infante défunte* de Maurice Ravel, et la *Fantaisie sur un thème de Thomas*

Tallis de Vaughan Williams puis la *Sérénade pour cordes en ut majeur, Opus 48* de Tchaïkovski. La première partie fut clôturée par *l'Adagio pour cordes* de Samuel Barber.

Après l'entracte, le ton devint plus léger, et, alors qu'ils jouaient la *Symphonie pour cordes n° 2 en ré majeur* de Mendelssohn, l'obscurité s'éloigna. S'ensuivit le *Concerto pour cordes n° 3 en fa* de Domenico Scarlatti, et pour finir *Saint-Paul's Suite* de Gustav Holst.

À la fin du concert, le public ne voulait visiblement pas que cela s'arrête. Les applaudissements et les piétinements grondaient comme un grand galop tandis que l'audience se levait. Partout dans Paris, les gens en voulaient plus. Pendant vingt minutes, les applaudissements continuèrent.

Alors, quand tout se calma, Perlman, avec la permission de l'orchestre, prit son propre violon et joua le solo de *La liste de Schindler* de John Williams. Pendant qu'il jouait, les autres membres de l'orchestre berçaient leurs propres instruments. Beaucoup sanglotaient. En jouant, Perlman avait déterré la douleur et la musique la révélait, il y eut alors, dans cette chapelle et tout autour de Paris cette soirée-là, une sorte d'émotion collective, un soupir de soulagement, un relâchement, un moment de pause où chaque note était savourée. Les familles se retrouvaient, se souvenant de ces autres vies, comme si la vitalité du musicien d'origine ressurgissait. Au moment des dernières notes, ils savaient qu'ils n'oublieraient jamais la fin de ce concert, gravé dans le cœur des gens pour le reste de leurs vies.

CHAPITRE 30

Marlene était assise au premier rang. Ses yeux étaient totalement humides, alors que la remise des diplômes n'avait même pas encore commencé. Quelques heures plus tôt, elle avait aidé Gabriela à mettre sa robe de cérémonie, coulissant la fermeture éclair, émue devant sa fille devenue adulte.

Le temps avait passé si vite, se disait-elle, aussi nerveuse que les parents et les grands-parents enthousiastes qui l'entouraient dans l'auditorium de l'École des sourds-muets. Marlene ferma les yeux et évacua cette sensation de tourbillonner comme une feuille d'automne, dans ce moment de vie trop grand pour être sondé. À la place, des souvenirs des quinze dernières années commençaient à affluer. Celui du jour où Gabriela était entrée en maternelle, juste après qu'elle eut mis toute sa main dans le pot de beurre de cacahuètes. C'était ce jour-là, semblait-il, qu'elle avait su que sa fille serait entourée de myriades de gens qui l'adoreraient instantanément. Elle avait pressenti que sa fille était dotée d'un magnétisme inhabituel. Dans leur école maternelle, elle avait pu voir chaque jour comment la communication entre les enfants s'améliorait grâce à la présence de Gabriela. Les élèves mais aussi le personnel et les parents avaient appris la langue des signes. Mais, au-delà, ils avaient tous appris le pouvoir de la communication nuancée et adaptée. Elle voyait la manière dont les gens à l'école se mettaient à regarder les visages pendant qu'ils parlaient, utilisant leurs mains pour s'exprimer. Il en avait résulté une atmosphère incroyablement pacifique où les disputes sur les droits et le territoire, comportements typiques à l'école maternelle, s'étaient apaisés.

Au fil des années, la mère et la fille avaient adopté une règle tacite : Marlene devait rester, la plupart du temps, à proximité de Gabriela. Cette interdépendance avait persisté à tel point que, lorsque Gabriela avait quitté la maternelle pour aller à l'École des sourds- muets de Berkeley, elles avaient toutes deux déménagé dans un petit chalet loué de l'autre côté de la baie à Rose Street. Marlene avait accepté de travailler comme assistante dans toutes les classes où était Gabriela, de sa première à sa douzième année. La seule fois où celle-ci avait été contente d'être loin de sa mère, c'était quand Marlene avait collaboré avec le comité consultatif des parents. Elle avait compris à quel point, elle aussi, aimait se connecter avec d'autres, comme les parents de l'école.

Marlene ne s'était jamais plainte, n'avait jamais eu l'impression que sa fille prenait trop de temps ou trop d'espace. Et Gabriela semblait n'avoir jamais ressenti que sa mère ne respectait pas son espace, même quand elle avait entamé son adolescence.

Les pensées de Marlene se tournèrent, alors, vers la nuit où elles avaient décidé que cette habitude pouvait cesser.

Les amis de Gabriela organisaient une fête pour la fin de son année de seconde. Elle était apparemment devenue une femme du jour au lendemain. Ses seins étaient bien visibles, ses hormones flottaient tout autour d'elle. Tout ce dont elle parlait avec ses amies étaient les garçons de la classe. Marlene se souvenait de son adolescence, si longtemps auparavant où elle était assez confuse car elle n'avait jamais aucun désir pour les garçons. Maintenant elle regardait sa fille et ses copines parler en agitant leurs mains dans le ciel comme un porté rapide et gracieux de danseur, tandis que leurs visages s'enflammaient comme *L'oiseau de feu* de Stravinsky. Jamais Marlene n'avait connu une telle passion quand elle avait cet âge.

En fait, Marlene n'avait jamais vécu, de sa vie, une telle passion. Et même si elle était si fière de sa fille et de ses merveilleuses amies, elle était aussi un peu envieuse. Parfois elle aurait voulu être à sa place pour vivre ce que cela signifiait d'être entourée de gens qui vous admirent, pour connaitre ce que désirer veut dire vraiment, pour comprendre comment c'est, lorsque le monde s'offre à soi et qu'on peut se servir.

La nuit de la fête était arrivée. Au début de la semaine, les amies de Gabriela avaient insisté pour que Marlene reste chez elle ce soir-là. Elles étaient heureuses d'avoir la mère de Gabriela à l'école chaque jour, mais c'était ce moment de la vie où à seize ans on se rassemble en bande et où on exclut les parents des conversations secrètes. Elles avaient supplié Gabriela de venir seule à cet événement. Ce jour-là, Gabriela était revenue du lycée et n'avait pas mangé. Elle n'avait pas non plus mangé de toute la semaine. Marlene savait ce qui se passait et son cœur était déchiré en mille morceaux. Mais elle savait aussi qu'à l'école des mamans, l'une des premières leçons nécessaires était d'apprendre à laisser partir son enfant. Elle n'avait pas suivi de cours dans cette école-là, et elle avait trouvé qu'elle avait eu de la chance de ne pas avoir à le faire. Pour elle, il n'y avait aucune raison de chercher autre chose alors que tout avait si bien fonctionné.

Cet après-midi-là, Gabriela avait étudié chaque centimètre de son corps dans le miroir. Marlène lui avait délibérément laissé la place libre et n'avait pas dit un mot quand sa fille avait cérémonieusement fermé la porte de la salle de bains, chose qu'elle n'avait jamais fait auparavant. Quand elle avait réapparu, quelques temps plus tard, Marlene n'avait pas reconnu l'enfant qui avait fourré toute sa main et son avant-bras dans un pot de beurre de cacahuètes, couvrant alors son corps d'un désordre huileux et gluant. Devant elle il y avait une reine de beauté, mais pas de celles stéréotypées ou refaites. Se tenait là une jeune femme au regard à la fois heureux et anxieux et dont les cheveux longs, épais et soyeux coulaient tout autour de sa peau ombrée, comme une plume va à la rencontre de la terre. Une lueur sur son visage légèrement maquillé rendait tout son être scintillant comme de l'ambre poli, comme une bille étincelante roulant dans le soleil d'un début de soirée en juin.

« Waouh !

C'était tout ce qu'elle avait pu exprimer.

— Comment tu me trouves ?

— Je ne peux même pas te dire à quel point tu es magnifique ! Oui tu es sublime !

Ses mains cessèrent de bouger : elles tremblaient.

— Oh, arrête ! » Elle fit une pause. « Maman, j'ai peur.

— Mais tu sais que tu vas passer un moment génial. Ce sont tes amis.

— Je veux rester à la maison avec toi.

Son visage était redevenu celui d'une enfant de cinq ans.

— Non, en réalité ce n'est pas cela que tu veux. »

Puis elles étaient descendues, les amis de Gabriela s'étaient levés, prêts à commencer leur soirée, et avaient emmené sa petite chérie. Gabriela l'avait embrassée à la va-vite en descendant les marches.

La soirée était devenue la nuit, et Marlene était restée là, immobile sur le canapé, incapable de faire autre chose que regarder les murs. Elle avait refusé de manger ou de dormir. La part rationnelle d'elle savait que c'était ridicule, mais une autre voix plus forte lui disait que c'était tout simplement trop difficile.

Tard dans la nuit, elle avait décollé du canapé pour se rendre à la salle de bains où elle aussi avait verrouillé le loquet et examiné chaque centimètre de son corps. Elle n'avait jamais fait cela, en particulier au cours des quinze dernières années où elle avait à peine fait attention à son propre fonctionnement. En scrutant son visage, elle avait alors remarqué des rides, ces petites lignes qui s'étaient formées autour de ses yeux, autour de ses pommettes, jusqu'au bout vers ses oreilles.

Elle avait dit tout haut :

« Mais quand ai-je vieilli comme ça ? »

Ses soupirs avaient résonné dans la salle de bains. Ses mots s'étaient accrochés dans les brins gris de ses cheveux, les rides de ses mains, qui n'étaient plus ni lisses ni souples. Des larmes l'avaient envahie brûlant ses joues comme du citron sur une coupure.

Un coup ferme avait été frappé à la porte.

Rafraichissant rapidement son visage avec de l'eau et asséchant les traces de sa crise intérieure, elle s'était dirigée vers la porte, avait regardé à travers l'œilleton et vu sa fille, comme dévastée par un ouragan, serrant la main d'un officier de police qui semblait l'aider à tenir debout.

Elle avait ouvert rapidement la porte à une Gabriela empestant l'alcool et le vomi. Gabriela se tourna vers sa mère et l'attrapa.

« Nous l'avons trouvée dans les rues, en train de rendre. Quelques amis étaient avec elle mais je n'arrivais pas à les comprendre. Je ne connais pas la langue des signes. Mais je connais l'ébriété, et aucun de ses amis n'était en état de la conduire ou de conduire qui ou quoi que ce soit. Nous avons donc raccompagné chacun deux à la maison à condition qu'ils ne boivent plus sans la surveillance d'adultes.

— Merci beaucoup, monsieur l'agent. Je vais m'assurer personnellement que cela ne se reproduise plus.

— Merci, madame. Je vous remercie. Bonne nuit. »

Marlène avait enlevé les vêtements de sa fille, avant de la plonger dans un bain, et de lui préparer une tasse de camomille. Cette nuit-là, Gabriela s'était collée fermement à sa mère, comme elle le faisait quand elle avait trois ans. Elle n'avait pas reparlé de cette nuit ni de ce qui s'était passé, et Marlene avait su qu'elle n'en avait pas besoin. Mais après cette nuit, elle avait refusé de sortir avec ses amis sans la présence de sa mère.

Qui en avait été secrètement ravie.

* * *

Marlene fût brusquement tirée de sa rêverie par des sons de tambours. Le groupe de *taiko* de l'école annonçait le début de la cérémonie de remise des diplômes.

C'était une promotion importante, la plus grande que l'école ait jamais vu, quatre-vingts étudiants en tout. C'était aussi une année particulière pour l'école parce que c'était la dernière année dans ce lieu qui accueillait des élèves depuis plus de cent ans. Le site avait été jugé non conforme aux normes sismiques et l'école devait déménager à Fremont, à quelques kilomètres de ses racines confortables de Berkeley. L'excitation emplissait l'air, alors que les étudiants de la promotion de l'an 2000 arrivaient, portant toques et robes bleu et or correspondant aux couleurs de l'université de Californie attenante.

Gabriela entra à son tour. Le sérieux de sa mine serra le cœur de Marlene qui la fixait, les yeux embués. Le son des immenses percussions continuait de rythmer l'entrée des diplômés. Un senti-ment d'extase flottait dans l'air. Certains membres de l'assistance applaudirent. Dans l'ensemble le public était debout, faisant des signes et agitant des bannières, leurs bras incontrôlables.

Puis tous s'assirent alors que Gabriela se dirigeait vers le po-dium d'un air royal, se préparant pour son discours d'ouverture en tant que *valedictorian*[40]. Elle avait été choisie à l'unanimité par ses professeurs et ses pairs, non seulement pour son handicap, le plus important de la promotion, mais aussi pour son dynamisme indéfectible.

---

40   Note de la traductrice : discours du/de la major de promotion

175

Elle commença. Ses mains s'agitaient en l'air comme un *Bald Eagle*, -aigle royal- volant au plus profond de l'esprit, l'esprit sacré de tout ce qu'elle était devenue.

« Mes chers camarades, parents, amis, enseignants et personnel administratif, nous sommes réunis ici aujourd'hui pour célébrer, honorer, rendre hommage, aimer et dire notre respect à tous ceux qui nous ont fait cours, aidés à grandir, poussés à devenir les êtres magnifiques que nous sommes. Dans cette école, nous avons appris à être fiers d'être sourds, à voir la surdité comme un cadeau, nous avons appris une langue et des outils pour explorer le monde de la surdité, pas seulement dans notre petit Berkeley, mais partout dans le monde. Nous, ici dans ce grand Berkeley qui porte la naissance du mouvement pour la liberté d'expression, avons été soutenus et inspirés pour devenir des activistes de la communauté sourde, donnant une voix aux sans-voix dans notre monde et plus loin encore.

J'aimerais vous raconter une histoire. Nous avons tous nos histoires, et, c'est un immense privilège de pouvoir vous raconter la mienne.

Je suis née en Roumanie, à une époque où il n'y avait rien pour ceux qui étaient handicapés. Nous avons été abandonnés par nos parents et oubliés dans des orphelinats immondes. Car en Roumanie, au moment de ma naissance, circulait l'idée que seuls les enfants en bonne santé et valides pourraient survivre à la période épouvantable que nous traversions. Mes premiers souvenirs sont ceux de la faim extrême, de la solitude et de l'isolement. Le monde de ceux-qui-parlent m'entourait, et mon monde à moi était pris dans le maelstrom d'une absence totale de compréhension et d'intérêt pour la surdité. Je me suis cachée sous les tables, ne voulant pas être remarquée. Mon avenir semblait destiné à être un perpétuel silence teinté d'angoisse. À cette époque il y avait dans les orphelinats deux espaces bien distincts. Dans le premier se trouvaient les enfants qui avaient peu ou pas de besoins particuliers. Ces enfants étaient scolarisés, ils assistaient à des cours pour apprendre à lire et écrire, à compter, à comprendre les maths et les sciences. Dans le second il y avait les enfants qui avaient ce que la direction désignait comme des handicaps sévères. Ces enfants étaient privés de tout accès à l'école quelle qu'elle soit.

J'étais dans ce dernier groupe. Si j'étais restée dans cet orphelinat, ce à quoi j'étais destinée, je n'aurais reçu aucune instruction sur aucun sujet. Je n'aurais pas été comprise, je n'aurais pas eu d'outils pour communiquer. En bref, j'aurais probablement été gravement perturbée émotionnellement ou bien je serais morte, ou peut-être même les deux.

Mon histoire ressemble à un conte de fées. Cependant, et aussi à cause de cela, j'ai toujours aimé les histoires merveilleuses. C'est vraiment comme un conte de fées, parce qu'un jour, quand j'avais trois ans, alors que j'étais si petite, un pauvre petit bourgeon, une femme, très grande elle, est entrée dans l'orphelinat, et elle m'a emmenée. Dès cet instant, dès qu'elle est entrée, j'ai eu l'impression qu'elle était ma destinée, que je l'aimerai toujours et que d'une certaine façon elle venait pour me sauver. Elle ne m'a pas parlé, sauf avec les expressions de son visage, qui était chaleureux et rassurant. Immédiatement, au premier échange de regards, elle et moi, nous sommes unies et connectées par un lien instinctif dont il était évident qu'il durerait toute notre vie. J'étais si petite, tout ce que je pouvais faire c'était tenir sa main et sentir sa chaleur, sa grande main entourant la mienne, et quand je le faisais je savais que j'étais en sécurité, que tout irait bien.

Comme vous le savez tous, celle qui m'a sauvé la vie, c'est ma mère. Celle qui m'a donné toute la place dont j'avais besoin, mais est aussi restée si proche, parce que c'est ce que nous avons choisi de faire dès le moment où elle m'a extirpée de cet endroit misérable pour m'amener vers celui, glorieux, où je me trouve maintenant.

J'ai éclos grâce à elle, grâce à cette école, grâce à tous ceux d'entre vous qui m'ont soutenue, enseignée, donné des leçons de vie. J'ai grandi grâce à la beauté que nous voyons les uns chez les autres, chaque jour, par la confiance que nous avons accordée à tous dans sa capacité à réussir, à modeler son monde, à ne jamais reculer devant l'adversité, et à faire face à chaque défi auquel nous sommes confrontés.

NOUS SOMMES LA PROMOTION 2000 ! »

Son regard exalté accompagnait parfaitement le rythme de ses pieds frappant le sol.

Gabriela fit une pause après cette déclaration, laissant s'exprimer les talons qui trépignaient, les cris, les pleurs, et toute une cacophonie de sons exubérants venant de toutes parts.

« Nous... » Elle ne pouvait poursuivre tant le bruit de piétinement continuait. Son visage s'illumina d'un grand sourire généreux.

« Nous... » Elle s'arrêta de nouveau tandis que des pas se déchaînaient autour d'elle.

« Nous n'avions jamais pensé que nous y arriverions. Ils avaient prédit qu'en l'an 2000, nos esprits seraient annihilés, que nous serions tous condamnés ou morts, c'est ridicule non ?

Non seulement nous avons survécu, mais de plus, nous sommes en plein essor ! »

Encore une fois, elle cessa de signer. Le bruit des talons reprit un par un, les bottes, les escarpins, claquaient sur le sol, envoyant des vibrations qui résonnaient dans tout l'auditorium.

« Nous sommes... les *millennials*, les tout premiers ! »

Elle tapait des pieds, tournant sur elle-même encore et encore.

Les battements au sol renvoyaient une énergie féroce et fière. Quand la salle fut de nouveau silencieuse, elle reprit :

« J'ai fait pas mal de recherches sur nous, sur le millénaire que notre génération commence. La technologie sera notre guide.

Nous verrons, dans un avenir très proche, un foisonnement d'innovations techniques qui non seulement nous aideront dans absolument tout ce que nous, les personnes sourdes, avons besoin pour survivre et nous épanouir, mais aussi et surtout, qui nous rassemblera tous, sur cette planète folle mais magnifique sur laquelle nous vivons. Nous serons en mesure de communiquer les uns avec les autres partout dans le monde avec juste des petites choses dans nos mains. La multitude d'obstacles auxquels nous avons fait face, en tant que sourds, sera une histoire que nous pourrons raconter à nos petits-enfants sur les jours anciens parce que nous, les représentants de la génération milléniale, nous n'aurons même plus à y penser. »

Les claquements de pas s'accéléraient, les hanches se balançaient en rythme et les têtes acquiesçaient, alors que l'énergie montait.

« Nous sommes à l'avant-garde, chers camarades diplômés, d'un temps dans nos vies où tout sera possible. Nous verrons des afro-américains et des amérindiens, des hispaniques et des asiatiques devenir présidents de ce pays, nous verrons des femmes devenir présidentes de ce pays, des gays devenir présidents de ce pays, et oui, nous verrons des personnes handicapées et sourdes devenir présidentes de ce pays. »

Gabriela rayonnait à cette dernière déclaration tout comme la horde joyeuse massée autour d'elle, pleine d'une énergie inépuisable.

« Nous avons reçu de l'amour dans cette école, nous l'avons senti constamment, à chaque étape, de nos merveilleux professeurs jusqu'à la direction de l'école, de nos parents même quand ils ne comprenaient pas toujours ce que nous traversions, ce que cela signifiait être sourd dans un monde où tous entendent.

Nous allions tous de l'avant, en sachant que nous étions tous, les uns pour les autres, un socle sur lequel s'appuyer, un savoir que nous pouvions emporter partout avec nous. En avançant tous ensemble, nous savions tous que nous nous aimions profondément les uns les autres, et que grâce à cet amour, nous sommes les âmes rayonnantes de cette terre. Alors prenez cette lumière, chers camarades, et volez haut comme les aigles que nous sommes censés être. Soyez ces *millennials*, avec espoir, amour, avec cette promesse infinie de renouveau, ayant compris qu'à chaque instant tout est définitivement possible. »

À l'issue de cette dernière phrase, l'euphorie était totale, les battements de pieds étaient déchainés, les *taiko* rythmaient le groupe, les étudiants dansaient les uns autour des autres, hurlant comme des hiboux et des aigles, plein d'une énergie nouvelle. Ils prirent Gabriela par la main, et les quatre-vingts étudiants firent un cercle autour d'elle pendant que les tambours hurlaient, et que leurs mains s'exprimaient dans l'air, en s'envolant.

Gabriela était radieuse, son visage illuminé, comme celui de ses camarades qui célébraient ses paroles, son amour. Puis tout se calma lorsque les diplômes furent distribués.

La cérémonie terminée, la joie emplit la nuit, lorsque les parents et les étudiants firent la fête ensemble. Marlene regardait fièrement sa fille, sa fille bien-aimée, celle qu'elle avait sauvée, et réciproquement.

* * *

Gabriela ne savait pas où ni comment son discours allait finir. Car, quand elle était arrivée au milieu de son texte, elle s'était perdue dans les vibrations des sons qui affluaient autour d'elle. Les sensations devenaient floues dans son esprit, sa si jeune vie, déjà bien pleine pourtant, tourbillonnait autour d'elle. Comme une gymnaste entrainée, une Nadia Comăneci, elle ne laissa pas son esprit chancelant prendre le dessus. Elle se concentra de toutes ses forces sur le moment, sur la perfection de celui-ci, sur le seul fait qu'il pourrait affecter quatre-vingts vies, quatre-vingts êtres, ses amis, qui s'accrochaient à chacune de ses paroles et se souviendraient de ce discours pour le reste de leur vie.

Elle avait répété ce discours, encore et encore, dans le salon, tous les soirs pendant des semaines.

« Je ne vais pas y arriver ! » Avait-elle dit sur le point de pleurer, agitant désespérément ses mains devant sa mère.

— Tu peux le faire ! Bien sûr que tu peux le faire. Vois cela, encore une fois, comme quelque chose qui est difficile mais que tu peux faire. Veux-tu que nous fassions la liste de tous les défis et de toutes les épreuves que tu as déjà surmontés dans ta super vie jusqu'à présent ? avait répondu Marlene avec ses mains, d'un mouvement parfait maintenant, après toutes ces années de communication avec sa fille et tous ses amis.

Gabriela s'était mise à rire, trouvant comique la situation dans ce moment mélodramatique.

— Maman ! S'il te plait, ne commence pas !

— Bien, alors dis-toi juste que c'est difficile, mais que tu peux le faire. Tes camarades de classe et tous les professeurs t'ont choisie, TOI, pour cette raison. Ils croient en toi. Et ils te font confiance et t'honorent. »

Gabriela avait quitté le salon. Ses mains étaient fatiguées. Elle avait regardé par la fenêtre dans ce qui était à l'origine sa chambre, mais qui avait été transformée en bureau. Ses cheveux épais et foncés ondulaient autour de son visage, couvrant ses yeux, alors qu'elle se concentrait sur la trame qu'elle avait écrite qui attendait la suite, dans un regard tourné vers elle, sur l'écran d'ordinateur.

Son esprit était incapable de se concentrer. Alors, à la place, elle avait récupéré le courriel de la Sorbonne qu'elle et sa mère avaient reçu la veille :

Chère Madame et Mademoiselle Robinson,

Le comité d'admission de l'Université Paris-Sorbonne-Paris IV, est ravi de vous accepter, mère et fille, à suivre le cursus de la nouvelle Licence en Langue des Signes Internationale. La rentrée aura lieu à l'automne 2000. C'est la première fois, dans la longue histoire de cette université, que nous admettons un binôme mère-fille dans un nouveau cursus. Le Département des Arts des Lettres et des Langues est ravi de vous accueillir.

Par ailleurs, une bourse vous a été attribuée dont vous trouverez les détails dans une prochaine communication de notre service finances.

Recevez l'expression de nos meilleures salutations.

Madame Anne Hupert, Coordonnatrice des admissions

Université Paris-Sorbonne-Paris IV

Gabriela avait de nouveau regardé l'email, pour la centième fois depuis qu'il était arrivé. Elle n'arrivait pas à croire qu'elle allait avec sa mère à Paris, et qu'ensemble, elles seraient étudiantes, qu'elles allaient étudier ensemble, vivre ensemble, être à Paris.

Ahhh, vivre à Paris ! Ses pieds avaient tapoté le sol en une danse qu'elle venait juste d'inventer, alors qu'elle s'était installée dans le salon et avait tournoyé autour de sa mère. Elle avait repris son discours une dernière fois, et à la fin, elle avait dit : « D'accord. Je suis prête. »

CHAPITRE 31

C'est la première semaine de septembre que Paris reprend vie après son inactivité estivale du mois d'août. Durant cette période, les Parisiens ferment leurs portes, leurs commerces et leurs entreprises pour disparaitre, laissant derrière eux le vaste éventail de touristes plus ou moins agréables qui s'emparent de leur ville.

Thérèse, comme ses compatriotes, avait pris un mois de vacances en août, pendant lequel elle avait dormi, mangé et était régulièrement partie faire des randonnées dans les Alpes, se familiarisant avec ces montagnes où elle se sentait chez elle. Elle n'avait pas envie de voyager de toute façon. Elle était toujours dans les trains et les avions, à chercher des instruments, et ce mois-là elle n'avait aucune envie d'aller quelque part, sauf dans son propre jardin.

Elle aimait la sensation d'escalader les montagnes, l'air pur qui remplissait ses poumons. Elle adorait regarder la vaste étendue des fleurs sauvages des fins d'été qui s'accrochaient au soleil éphémère pendant que les abeilles butinaient tout autour. Il y avait un petit village près de chez elle qui semblait isolé dans les hauteurs. Au milieu de ce village se trouvait une église en pierre du XVIII siècle qui avait survécu à presque trois cents ans de violentes tempêtes hivernales. Elle adorait regarder cette église de l'extérieur avec en fond les montagnes majestueuses, puis s'aventurer à l'intérieur et sentir le poids des ans et la permanence de la vie, éternelle. Il régnait une sorte d'intemporalité dans cette église.

Le silence l'enjoignait à rester immobile, à s'émerveiller devant l'existence de la vie, à écouter cette sérénité qui imprégnait tout. Elle avait pensé à sa mère et sa sœur, le silence l'invitant à se souvenir d'elles.

Puis elle était sortie de l'église, se rappelant que ce rituel annuel de la fin août faisait partie intégrante de son existence. Elle avait laissé le soleil couchant être le phare de sa longue descente vers la maison. En sortant de l'église, regardant la plénitude des montagnes autour d'elle, son esprit s'était éclairci. L'image de Marlène s'était imposée. Cela faisait des mois que cela ne s'était pas produit. Son esprit avait été nourri, extrêmement nourri, de l'événement à Paris, du concert et ses suites.

Et quand Marlene lui apparaissait, c'était toujours la même vision, les bras ouverts, la chaleur, le sourire invitant, une pause dans sa vie occupée, lui disant d'arrêter, de s'arrêter et de s'appuyer sur quelqu'un. Thérèse s'était sentie emportée cette fois-là par ce sentiment, cette interruption, alors qu'elle se préparait à faire sa descente, alors que le soleil plongeait au plus bas dans le ciel.

Dans chaque pas, chaque chemin qui serpentait l'éloignait du village isolé vers d'autres petits villages. Plus bas à travers d'épaisses forêts boisées, plus bas à travers les vestiges d'anciens cours d'eau fougueux devenus, à la fin de l'été, de fins ruisseaux sur la surface de la terre, plus bas encore, jusqu'aux traverses qui menaient aux abords de la grande ville, et toujours plus bas là où sa voiture était garée. Il y avait, à chacune de ces étapes, l'image de Marlène. Elle la propulsait, la poussant à aller de l'avant. Quand Thérèse avait inséré sa clé dans le contact et démarré la voiture sur la route maintenant plongée dans le noir, elle avait senti en elle une lueur prometteuse, une ouverture vers quelque chose qu'elle ne pouvait pas nommer. Elle savait en quelque sorte, que cela changerait sa vie, que cela modifierait radicalement la femme mature qu'elle devenait.

Le marché du samedi, en été, à Saint-Ismier était une tranche sucrée des délices de la vie. Ce qui n'était, plusieurs années auparavant, que des stands d'un ou deux agriculteurs locaux qui vendaient de tout, du fromage de brebis piquant aux gousses d'ail rondes et bulbeuses, était maintenant un marché accueillant plus de trois douzaines de stands mélangeant le fouillis bruyant des vieux fermiers qui vendaient encore leurs fromages odorants, avec les nouveaux agriculteurs qui ne proposaient que des légumes bio, du chou kale et de la laitue. Il y avait aussi des étals de vide-greniers où les gens du coin vendaient ce qui trainait chez eux pour gagner quelques francs pour la semaine.

Au fur et à mesure des années, Saint-Ismier s'était transformé de façon alambiquée et déroutante. Autrefois, c'était un village endormi aux pieds des montagnes. Maintenant, c'était devenu une petite ville qui avait perdu son identité dans les strates du développement de masse urbaine alentour, rétrécissant toujours un peu plus sa vitalité intime. La population actuelle était composée d'un mélange de personnes âgées qui s'en fichaient, ne changeant rien à leurs habitudes, et de nouveaux arrivants, très concernés, dont l'attention était concentrée sur la manière de rendre la ville plus attractive. Ce qui était intéressant, c'était que lorsque tout ce développement s'était mis en mouvement dans les années 1990, personne ne s'était donné la peine de demander aux habitants de Saint-Ismier ce qu'ils pensaient de cette idée.

Chaque fois qu'elle le pouvait, Thérèse aimait bien aller au marché du samedi, surtout quand elle n'avait pas envie de faire de long trajet, de conduire jusqu'à Meylan voire Grenoble, dont les marchés étaient pleins de couleurs, de bruits et de choix incroyables.

La météo annonçait de la pluie pour le lendemain de sa randonnée en montagne. Le 1er septembre, dernier week-end avant le retour des foules à leur existence ordinaire dans toutes ses routines quotidiennes. Elle s'était rendue en ville par des petites routes immuables, ces routes qui, des années après leur création, gardaient leur cachet. Les promoteurs n'avaient pas touché à son voisinage et elle espérait qu'ils ne le feraient jamais.

Avant, elle connaissait tout le monde en ville. Maintenant, elle ne reconnaissait que quelques personnes. Tout le monde ressemblait à tout le monde et elle avait tendance à rester loin de ces âmes uniformisées. Elle en plaisantait avec les fermiers, ceux avec qui elle avait fait si souvent affaire au fil des ans. Quand elle eut fini ses courses, son panier était plein de pommes, de poires, de fromage, de prunes de fin de saison, de carottes, d'oignons, de laitues, de brocolis, de choux-fleurs et de courges d'été. Son dernier arrêt était toujours la boulangerie. Elle aimait leur brioche et leur pain complet[41].

Alors qu'elle se dirigeait vers la boulangerie, elle décida de parcourir rapidement, pour le plaisir, les stands de bric-à-brac, ce qu'elle faisait rarement car elle n'avait pas besoin du bazar poussiéreux des autres habitants. Le dernier stand avant la boulangerie était un méli-mélo de camelote un peu moisie, usée et abimée. Elle sourit à la vendeuse qu'elle ne reconnut pas, et, alors qu'elle se retournait pour s'en aller, elle repéra quelque chose du coin de l'œil qui, au départ, sembla être une couverture sale, bien tachée. En regardant plus attentivement, elle remarqua sous le morceau de tissu aux couleurs fanées, un étui de violon.

Elle déglutit.

« Excusez-moi, madame, mais est-ce un violon ? Demanda-t-elle d'une voix hésitante. Dans son esprit maintenant, chaque violon qui était caché dans un truc poussiéreux et oublié, était très probablement un bien précieux, le membre d'une famille détruite dans des temps méprisables.

---

41   En français dans le texte

– Oui, en effet, répondit la femme.

– Je peux le regarder, s'il vous plaît ?

– Certainement.

Elle dézippa l'étui pour Thérèse et en retira le violon.

– Il n'a jamais été utilisé, dit-elle fièrement, comme s'il s'agissait d'un argument décisif pour la vente. Thérèse réprima son dégoût. Elle déroula sa routine habituelle d'inspection dans laquelle elle feignait de ne rien connaitre sur l'instrument et récita sa phrase rituelle : « Je regarde pour une amie. »

– Mon mari a reçu cet instrument enfant. Il m'a dit que personne dans sa famille n'en a jamais joué. Il n'a jamais pensé que cela valait quelque chose, et il m'a dit aujourd'hui de m'en débarrasser.

Elle gloussa. Thérèse sourit en retour, davantage pour entretenir la bonne humeur et obtenir que la femme parle de plus belle. Elle bouillonnait à l'intérieur.

– Il avait ce violon depuis tout petit ? demanda-t-elle en souriant *toujours essayer d'être aussi amicale qu'il était humainement possible.*

– Oui, quand il habitait à Paris. C'était pendant la guerre. Apparemment il y avait eu des ventes d'appartements chics à des prix vraiment bas en l'espace de quelques mois seulement dans l'un des meilleurs quartiers de la ville, et les parents de mon mari en ont acheté un. Il se souvenait qu'il y avait ce violon dans le placard, qu'il trouvait cela étrange, et qu'il s'était toujours demandé pourquoi les anciens propriétaires n'avaient pas pris leur violon avec eux. Personne dans sa famille n'a jamais voulu en jouer. Ils faisaient tous plutôt de la batterie et des trucs qui font du bruit. Il a toujours plaisanté sur le fait que le frottement des cordes d'un violon était comme l'effet d'un laxatif après un repas trop copieux !

Elle rit de sa blague. Thérèse eut l'impression qu'elle allait vomir et essaya aussi fort que possible de répliquer avec un commentaire anodin.

— Vous rappelez-vous dans quel quartier il habitait ?

— Non, Paris c'est un quartier animé en soi. Tout ce que je sais, c'est que c'était plutôt snob.

Elle chuchota alors dans l'oreille de Thérèse :

— Il me semble qu'il m'a rapporté qu'un jour des voisins avaient dit à ses parents qu'avant eux il y avait des affreux juifs avec des enfants dégoutants dont les couches n'étaient jamais changées.

Tout ce que Thérèse voulait faire à ce moment-là, c'était prendre le violon, rentrer chez elle, déposer ses affaires, monter dans sa voiture jusqu'à la gare, et se rendre à Paris. Il était encore tôt, à peu près 10 heures du matin. C'était faisable.

— Mon amie adorerait l'avoir. C'est bientôt son anniversaire. Elle m'a dit l'autre jour qu'elle voulait un violon. Quelle coïncidence !

Elle ouvrit son portefeuille.

— Je n'ai que deux cents francs sur moi. Ça vous convient ?

— Oui, cela fera l'affaire. Mon mari sera si heureux quand je vais rentrer à la maison sans ce vieux machin en bois. Je dois rendre mon vieux mari heureux, n'est-ce pas ? »

Thérèse sentit la bile s'accumuler dans sa gorge pendant qu'elle payait la femme. Elle en oublia le pain, et, le violon sous le bras, ses autres provisions dans son panier, elle courut jusqu'au sommet de la colline, jusqu'à ce qu'elle puisse respirer à nouveau. Finalement, elle arriva devant sa porte d'entrée.

Elle décrocha le téléphone, essoufflée, et appela Jacob à Paris.

« J'ai un nouveau violon, je dois partir maintenant pour attraper le train, je serai là plus tard cet après-midi. »

Elle raccrocha rapidement le combiné n'attendant pas la réponse de Jacob.

* * *

« Vel' d'Hiv ? interrogea Thérèse, faisant référence aux rafles des 16 et 17 juillet 1942, durant lesquelles des milliers de juifs parisiens avaient été arrêtés par les nazis, et envoyés en masse au Vélodrome d'Hiver, avant d'être poussés dans des wagons à bestiaux en direction d'Auschwitz. On avait caché que la plupart, sinon l'ensemble des appartements de ces familles juives avaient été confisqués après leur départ, vidés, et vendus rapidement à des prix ridiculement bas à des Français qui n'avaient aucune idée de ce qui s'était passé. Personne ne semblait s'être posé de question sur le pourquoi du comment, mais c'était pendant la guerre, et l'argent parlait plus fort que la morale.

– Malheureusement, d'après ce que vous venez de nous raconter, probablement, oui.

Jacob la regarda, de son expression profonde et solennelle. Thérèse savait qu'il avait été au Vélodrome. Qu'il avait été poussé dans un wagon pour Auschwitz, dépouillé de sa maison. Juste à ce moment-là, Philippe ouvrit la porte et les salua, se dirigeant immédiatement vers le violon et l'attrapa.

– Waouh ! On a une merveille là !

Il le prit et joua une simple gamme. Le son était doux, moelleux, comme un chat ronronnant sur un rebord de fenêtre ensoleillé, une brise douce dégageant une sorte d'élégance.

Il regarda à l'intérieur de l'instrument.

– Oh mon Dieu !

Il en inspecta l'intérieur avec ses lunettes spéciales.

– C'est le Carrodus Guarneri, l'un des plus beaux violons crée au monde, sur lequel Paganini lui-même a joué. Apparemment, il ne l'a jamais aimé parce que le son était trop doux pour ses goûts flamboyants, il l'a d'ailleurs vendu de son vivant.

Jacob se dirigea vers sa « bible » son livre sacré contenant tous les dossiers.

– Ce violon était la propriété de Schlomo Rubenstein, maître violon du Quatuor du Printemps, qu'il a lui-même fondé. Son lieu de résidence était le 68 rue de Turenne, appartement qui lui fut volé en 1942 et vendu à la famille du mari de votre ignoble voisine, Thérèse.

Il tira son deuxième livre et chercha dans les pages usées avec affection.

– Sa petite-fille vit juste au coin de la rue. Il y a une note ici qui dit qu'elle cherche désespérément cet instrument qui appartenait à son grand-père. »

Tous retenaient leur respiration pendant que, dans le silence qui résonnait, Jacob prenait le téléphone et appelait.

CHAPITRE 32

« Je sais que c'était quelque part par ici, dit Marlene, alors que Gabriela riait.

– Maman, c'est ce que tu dis depuis une demi-heure ! Il y a tellement de cafés. C'est Paris, maman, et nous on a l'air d'américaines foldingues avec notre guide *Lonely Planet*. Regarde ! Là ! Il y en a un autre ! Oh mon Dieu, regarde ces strudels ! Il faut qu'on y aille ! »

Elle passa sa langue sur ses lèvres avec envie.

Elle attrapa sa mère par la main, et alors qu'elles poussaient la porte de *l'Europe de l'Est*, le parfum des viennoiseries fraîches et de l'ancien monde arriva jusqu'à leurs narines. Elles étaient, toutes les deux, emportées par des effluves délicieux.

Marlene ferma les yeux une seconde et inhala l'ensemble. Les sons, les odeurs, ces dentelles de la vie voletaient autour d'elle en brises séduisantes. Elle était dans le Marais, à Paris, à nouveau, et tout lui revenait en mémoire. Paris avait été son amour, autrefois. Elle se souvenait que quelqu'un lui avait dit qu'un être aimé un jour le reste pour toujours.

Elle avait donc oublié beaucoup de choses en fait, jusqu'à ce matin. Gabriela dormait à poings fermés, le décalage horaire l'avait épuisée. Marlene lui avait laissé un petit mot : « Je sors. Je serai de retour vers midi. Attends-moi. » Elle s'était faufilée dans les rues, avait marché et marché encore, embrassant la ville.

Elle sentait quelque chose remuer en elle, mais elle ne savait pas quoi exactement, et quand elle était arrivée à la tour Eiffel, elle avait eu un choc devant la masse d'acier —des lignes droites et des angles— comme de la dentelle et des plumes. Il y avait étonnamment peu de gens, mais il était assez tôt le matin, surtout pour un dimanche, quand les cloches des églises sonnent pour tous ceux qui les écoutent, quand les odeurs commencent à titiller les sens, quand Paris vient de se réveiller, étirant ses membres comme la jolie séductrice qu'elle a toujours été, sa nudité exposée aux yeux de tous.

Marlene avait pris une profonde respiration, inspirant la vie qui l'entourait, sentant quelque chose qui la poussait à dévoiler les couches les plus précieuses de son être, celles qu'elle avait gardées enfouies, toutes ces années depuis sa jeunesse. Elle avait dénoué ses cheveux et laissé l'épaisseur s'enrouler autour d'elle comme dans sa mémoire. Les souvenirs de sa première visite à Paris, alignés à nouveau sur l'essence de ce qu'elle était, ses propres vulnérabilités, ressentant une libération de son être le plus primitif. Elle avait marché pendant des heures jusqu'à ce que sa montre lui dise qu'il était temps de revenir vers sa fille. Elle était retournée à l'hôtel en courant.

« Maman ? » Gabriela regardait sa mère qui était essoufflée et encore plongée dans sa rêverie. Elle lui tendit du café et trois sortes de strudels.

Marlene mordit dans chacun d'eux et laissa le sucre se coller sur ses lèvres. Chaque morceau semblait irrésistible. Ses sens se réanimèrent pour la première fois depuis quinze ans.

« Maman, tu es différente. Tu as l'air si... heureuse, tu as l'air d'être ailleurs, quelque part... où c'est très beau.

— Mmmm... Comment est-ce que je pourrais décrire cela ? Je ne t'ai jamais parlé de Paris, il y a quinze ans...

— Tu étais à Paris il y a quinze ans ?

– Mmmmm…oui…. C'était juste avant que je décide de t'adopter. En fait, le café que je cherche est l'endroit où j'ai pris cette décision.

– Ah bon ? Eh bien, alors, nous devrions le chercher plus tard !

– Oui, nous devrions…

– Mais dis-moi maman, j'ai l'impression qu'ici c'est vraiment un endroit très spécial pour toi ?

– J'étais jeune, un peu idiote peut-être, mais il y avait quelque chose d'extrêmement merveilleux dans cette ville. Plus que tout ce que tu pourrais imaginer, et le fait d'être de retour ici, après tout ce temps, me fait me souvenir de tout. Comment dire ? Je ne veux pas te raconter mes expériences, parce que je ne veux pas influencer les tiennes et tout ce qui est nouveau pour toi. Paris est à découvrir, petit à petit, quartier par quartier, café par café, musée par musée, pâtisserie après pâtisserie. Paris est plus qu'une ville, c'est une école pour comprendre les arts, pour saisir les nuances de la vie et la vulnérabilité de l'âme. Tu verras…

– J'aurai besoin de toi. Personne ne parle avec ses mains ici.

Son visage se ferma et ses mains ne faisaient plus que de petits mouvements.

– Mais je serai près de toi. Tu le sais. Il y a tellement de choses dans Paris qui sont à voir, à expérimenter sans un mot. Nous rencontrerons des personnes sourdes ici aussi, et nous pourrons nous perfectionner dans la langue des signes française. Nous nous ferons des amis aussi. Mais le plus important, c'est de tout laisser se faire, c'est vraiment une ville magique. »

Les yeux de Marlene étaient pleins d'émotions alors qu'elle se sentait ramenée vers son histoire, son propre conte de fées qu'elle avait mis de côté des années plus tôt.

Elle écouta les voix qui parlaient français autour d'elle. Cette fois, elle comprit ce qu'elles disaient. Il y avait deux femmes âgées qui se plaignaient de leur mari. Elle rit.

« Je comprends le français maintenant. Ces deux femmes se plaignent de leurs maris. La première fois que je suis venue, je ne comprenais pas un mot.

— Le Camp des Loups ?

— Oui c'est ça. C'est au Camp des Loups !

Elles entrechoquèrent leurs tasses à café.

Chaque été depuis que Gabriela avait quatre ans, elles allaient toutes deux à l'île d'Orléans au Québec pour le camp d'été des personnes sourdes et muettes, le Camp des Loups. Elles se réjouissaient d'être là-bas chaque année parce que l'ambiance était sympathique et chaleureuse. La plupart des enfants et des familles venaient du Québec, mais il y en avait, comme elles, qui venaient de tous les États-Unis et du Canada. La langue des signes était en ASL et LSQ (Langue des signes du Québec), et les parents qui parlaient, échangeaient surtout en français en mélangeant quelques mots d'anglais.

— Je n'aurais jamais pensé que le français s'imprimerait comme ça en nous. Tu pourras le vérifier, c'est sûr et certain, quand nous rencontrerons une autre personne sourde avec qui nous pourrons parler.

— Maman, il y en a une juste derrière toi. Elle lui fit un clin d'œil.

Marlene se retourna et Gabriela signa avec un grand sourire : « Salut ! ».

L'homme, un appareil photo autour du cou, ne répondit pas à Gabriela, absorbé par son Guide Vert Michelin. Sa femme parlait d'une voix forte à ce qui devait être sa fille à côté d'elle. Leurs accents américains énormes et aigus firent grincer Marlene, d'autant plus qu'ils se chamaillaient sur le prix des choses à Paris. Les enfants parlaient seulement anglais, et le père, sourd, en langue des signes avec sa femme. Les enfants ignoraient le père. « *Étrange* », pensa Marlene.

Pourtant, sa politesse la poussa à tenter de communiquer. Elle forma le mot « Salut » en langue des signes, et dit « Salut ! » à voix haute. Ils levèrent les yeux. Le père hocha la tête d'un air morne et retourna à son livre. Quant à la mère, elle cria :

« Ah, d'autres américains ! C'est génial ! Non mais vous avez vu les prix ici ? Je veux dire, nous pouvons avoir des pâtisseries pour beaucoup, beaucoup moins cher chez Costco. Je me demande s'ils ont Costco ici à Paris ? Je devrais vérifier ça !

— Je ne suis pas sûre. Profitez bien de votre séjour ici ! »

Elle se leva pour partir, et Gabriela, semblant avoir compris exactement ce qui se passait, la suivit rapidement. Quand ils furent hors de vue et de voix, elles éclatèrent de rire.

« S'il te plait, ne me dis pas que nous sommes comme ça, des américaines stupides et qui ne s'en rendent même pas compte. Du style *la famille dysfonctionnelle en vacances à Paris* ...

— Non, bien sûr que non. Nous avons une bien meilleure idée de qui nous sommes, bien sûr, et de ce que nous faisons, répondit Marlene en riant. Elle demandait s'il y avait un Costco à Paris !

— Tu te rends compte ?!? Bon, est ce qu'on a besoin de perdre du temps à réfléchir sur les choses idiotes que les gens disent ?

— Seulement si nous voulons écrire une comédie.

— Cela ressemble plus à une tragédie pour moi.

— Oui, tu as raison.

— Hé, maman, regarde la taille de ces *challas* !

— Ils sont magnifiques. Viens, on va en acheter un ! »

Alors qu'elles entraient dans la boulangerie, l'odeur *des hamantaschen* fraîchement cuites mélangée à l'arôme de levure des *challahs*, des graines de pavot, des œufs et de la confiture, lui donna la sensation que la vie n'était faite que de plaisir. En attendant leur tour, en regardant les clients hassidim discuter avec le propriétaire du magasin, en ressentant la douceur de tout ce qui fait le sel de l'humanité, à cet instant précis les guerres et les exterminations disparurent.

Elles ressortirent avec un sac rempli d'un assortiment de pains et pâtisseries. Un cortège bloquait la rue. Il y avait un mariage et des femmes habillées de soies chatoyantes et de lins colorés, hissées sur des talons hauts claquant en rythme sur le trottoir, longeaient la rue de Turenne. Les hommes, de l'autre côté de la rue, étaient tous vêtus de longs manteaux noirs et hauts chapeaux avec chemises blanches et *tzitzits*, ces cordelettes de nœuds accrochés et pendouillant sur le côté au-dessus de leur pantalon. Les violons et les accordéons jouaient dans une tonalité mineure, et les applaudissements faisaient échos aux vieux murs de pierre. Venaient ensuite les mariés, et surtout la mariée dans sa robe blanche éblouissante sous le soleil de fin d'après-midi. Les perles incrustées, enchâssées dans la soie, étaient comme des bijoux luminescents qui soulignaient les courbes délicates de son corps. Elle tenait la main de son mari, leurs sourires illuminaient la rue.

Puis, comme s'il s'agissait d'un doux mirage, la procession se déplaça vers le bas de la rue, dans une zone qui avait été bloquée, et les mariés s'engouffrèrent dans un immeuble qui avait survécu à toutes les guerres. Les convives suivirent et le quotidien reprit son cours dans la rue.

« Waouh ! fut tout ce que Gabriela réussit à exprimer.

– Ça c'est Paris ! » fut tout ce que Marlene put lui répondre.

Les rues bondées du dimanche avaient un sens de circulation qui leur était propre. Marlene et Gabriela le suivaient sans y penser, comme si, dans cette ville, il y avait une force qui conduisait à des lieux où régnaient la magie et le destin.

Voilà. dit simplement Marlene.

– Le café que tu cherchais ?

– Oui. »

Elles entrèrent. Le lieu était aussi bondé que dans son souvenir quinze ans plus tôt. Au moment où elle demandait au serveur si elles pouvaient se mettre à la table où elle s'était assise longtemps auparavant, Marlene sentit soudain son cœur se serrer. Elle n'arrivait pas à savoir pourquoi. Elle faisait face à la porte et avait mis sa chaise dans le même angle que dans sa mémoire, regardant dehors. Gabriela aussi voulait faire attention, et voir Paris en même temps, ainsi elles s'étaient assises côte à côte.

« Bonjour, Madame, Mademoiselle. Que voulez-vous boire ?

– Est-ce qu'on pourrait regarder le menu, s'il vous plaît ?

– Bien sûr. »

Il remit à chacune une carte de ce qui était disponible.

« Super, maman.

Elles souriaient toutes les deux.

Marlene avait le regard plongé dans le menu, essayant de décider si elle avait vraiment faim ou si elle était simplement trop excitée pour penser à manger.

– Euh, maman...

Gabriela tentait d'attirer l'attention de sa mère en agitant le menu sous son nez.

– Quelqu'un vient d'entrer, et elle nous regarde fixement. Hum, non, en fait, elle te regarde toi, fixement. »

Marlene leva les yeux.

Là, debout comme une statue, comme si le temps n'existait pas, comme si les horloges s'étaient en quelque sorte figées dans un immuable moment de l'histoire, Thérèse, sur le pas de la porte regardait Marlene, ses yeux concentrés sur son visage, le scannant de gauche à droite et de droite à gauche. Marlene sentit ce regard la traverser, et elle commença à défaillir intérieurement. Elle fut ramenée d'un coup à Versailles.

D'un coup d'œil subtil, Marlène fit signe à Thérèse de venir à leur table. Elle s'approcha comme au ralenti et Marlene sentit son cœur s'accélérer, sa respiration s'arrêter dans un calme absolu.

Thérèse s'assit sur une chaise que Gabriela emprunta à la table voisine.

Gabriela, alors, déchira un morceau de la nappe en papier, attrapa un stylo et écrivit : « *QUI ÊTES-VOUS ? EN FAIT, JE VOUS AI DÉJÀ VUE À BERKELEY ET AUSSI QUAND VOUS COURRIEZ COMME UNE FOLLE À L'AÉROPORT DE BUCAREST.* » Elle le tendit à Thérèse avec un sourire.

« Je...

Marlene fit le geste « Stop » avec sa main et commença à traduire en langue des signes.

Thérèse eut un hochement de tête. Elle prit le stylo, le papier et écrivit : « *Je m'appelle Thérèse. Berkeley. Laissez-moi me souvenir. J'ai acheté un violon là-bas. Non, vous n'étiez pas là. Puis je suis allée à la pizzeria.* » Elle posa le stylo.

« *Les toilettes* » écrivit Gabriela « *Vous ne vous êtes pas lavé les mains. C'était dégoûtant.* »

« *Oh mon Dieu, bien sûr que c'était toi dans les toilettes pour dames ! Oh mon Dieu ! Mon Dieu ! Et est-ce que c'est toi qui avais fait un cercle de sachets de sel et de sucre autour du moulin à poivre ? Je ne sais pas pourquoi je me souviens de ces choses-là après tout ce temps, mais c'est le cas* », écrivit-elle.

Elle s'arrêta et regarda à nouveau Gabriela. « *Oui, j'avais la mauvaise habitude de ne pas me laver les mains. Toutes mes excuses. Je me lave les mains maintenant... Bucarest ?... Qu'est-ce que tu faisais là-bas ? ? ?* »

Gabriela rit. Thérèse reprit le stylo :

« *J'ai rencontré ta mère il y a quinze ans. Enfin je suppose que c'est ta mère...* »

« Oui » fit-elle de la tête.

Gabriela s'adressa alors uniquement à sa mère :

« Je vois tout, maman. C'est trop mignon. Je vais faire un tour pour explorer le quartier. Je pense que vous avez besoin de temps pour vous parler toutes les deux. Je reviens bientôt. »

Elle lui fit un clin d'œil.

Marlene, étourdie, se tourna vers sa fille : « Merci ma chérie. »

Gabriela sortit du café de sa démarche dansante et sautillante en atteignant le trottoir.

Thérèse s'était assise de l'autre côté de la table, les yeux fixés sur Marlène, laquelle ne regardait qu'elle.

Ensemble ainsi, assises en silence, s'étudiant l'une l'autre. Instinctivement, leurs mains se tendirent et se serrèrent, mais leurs yeux ne bougeaient pas, leurs peaux s'échauffaient, deux incendiaires dont le feu intérieur se consumait dans ce café de la rue de Turenne.

Après plusieurs minutes, Marlène rompit le silence, en français cette fois.

« Je n'ai jamais oublié ce jour.

— Moi non plus. Tu parles français maintenant ! dit Thérèse en riant.

— Et toi, anglais…

Elles se sourirent toutes les deux, leurs visages s'illuminèrent comme des lucioles un soir d'été.

— Je peux te le dire honnêtement, tu as été avec moi pendant toutes ces années. Ton image, cette nuit-là, me revenait en boucle, comme un post-it pour que je n'oublie pas, dit Marlene d'une voix douce.

— C'est exactement la même chose qui m'est arrivée. Au fil des ans, sans prévenir, de temps en temps ton visage surgissait, me rappelant cette nuit, et me disant que toi et moi, nous nous reverrions.

Thérèse s'attarda sur le visage de Marlène, remarquant ses larmes. De son doigt elle caressa légèrement celle qui coulait, sur la joue de celle qui la dévisageait de son regard calme et doux.

— Tu es belle, dit-elle en lui embrassant les mains et en les posant contre ses joues.

Toutes les deux soupiraient, tandis que les gens allaient et venaient, que les serveurs se déplaçaient en un clin d'œil, et que le

temps pour elles, à ce moment-là, à cette table-là, s'était complètement arrêté.

– Nous avons tant de choses à nous raconter… Tu as une fille !...

– Oui.

– Nous nous sommes ratées de justesse ce jour-là, dans les
toilettes, il y a dix ans. Si seulement je m'étais lavé les mains, alors
je t'aurais vue. »

Elles rirent tous les deux alors, très fort, tandis que leurs larmes
commençaient à couler. Leurs mains se pressaient. Et elles se ra-
contèrent leurs histoires, celles des violons, celles des deux voyages
en Roumanie, celles des violoncelles, celle d'une petite fille sourde,
celles des tempêtes de neige et des naissances de bébés, celle des
vaccinations illégales, celle d'un concert, et d'une remise de diplômes. Leurs mots s'entremêlaient, tourbillonnant autour de leurs
deux vies en mouvement, pleines et passionnées, résolues, spon-
tanées, dans le don. Elles avaient nourri ces vies et ces vies les
avaient nourries. Dans les yeux l'une de l'autre, dans les histoires
qu'elles se racontaient, dans cet amour qu'elles devaient partager,
cet amour qu'elles avaient besoin de partager, elles virent tout cela,
cette part de leur existence qui les avait tenues ensemble pendant
ces quinze années comme le sang qui pulsait dans leurs veines.
L'anglais et le français se mêlaient dans leur conversation comme
le miel et les noix des tartes sans farine.

« Nous sommes différentes maintenant, dit Thérèse.

– Oui. Est-ce que c'est l'âge ou est-ce que c'est la sagesse ?

À ce moment-là, Gabriela revint.

« *Quelles sont les dernières nouvelles ?* » écrivit-elle, en riant, sur
une serviette.

Thérèse prit le stylo : « *J'ai dit : nous sommes différentes maintenant
et ta mère a dit : Oui. Est-ce la vieillesse, ou est-ce la sagesse ?*»

« *Les deux !* » écrivit Gabriela en riant de plus belle.

Toutes les trois sortirent se promener. En ce début de soirée, les lumières de Paris les illuminaient chacune pour des raisons différentes. En regardant le visage de Gabriela, on pouvait remarquer qu'elle était déjà tombée amoureuse de la ville. Les visages de sa mère et de Thérèse portaient la clarté du destin, des vies enfin réunies, réalisant à ce moment qu'elles étaient tombées amoureuses l'une de l'autre, quinze ans plus tôt, se remémorant qu'une fois qu'on tombe amoureux de quelqu'un, cet amour ne disparaît jamais. Elles se le murmuraient, en se mordillant les oreilles, alors que Gabriela marchait devant, les yeux rivés sur son avenir, sur cette ville qui la séduisait, la tentait, l'appelait dans une étreinte envoûtante.

Elle se retourna, offrant un large sourire à sa mère et à Thérèse. Quand elles arrivèrent à son niveau, elle dit de ses mains : « Je suis attirée par cette ville. Je dois sortir ce soir. Je dois ressentir Paris avant de dormir. »

Le visage de sa mère reflétait l'inquiétude.

« Ça va aller. Ce ne sera pas comme la soirée du lycée. Maman, rappelle-toi, on a dit « *principe de confiance.* »

Tout ce que Marlene pouvait faire à cet instant était tenter de dissimuler ses petits sourires ironiques, et la mémoire de ses propres désirs passionnés pour cette ville. Elle regarda le visage de sa fille, cette petite qu'elle avait élevée et qui n'était plus une enfant. Une jeune femme, emplie de tous les désirs de son âge, qui lui rappelait la nécessité du principe de confiance.

– Je t'aime, mon cœur. Profite de cette ville de tout ton être. Tu as ta clé. Rentre quand tu auras envie de dormir. »

Gabriela embrassa Marlène, puis Thérèse, et s'éloigna en courant, les cheveux au vent flottant autour de ses épaules dans la chaude soirée d'août qu'une légère brise venait rafraichir.

* * *

Thérèse et Marlène regardèrent Gabriela partir en dansant.

Thérèse prit la main de Marlène et lui embrassa chaque doigt, sa langue caressa chaque cellule de la peau de ses phalanges. Marlène gémit doucement. Lorsque Thérèse se tourna et posa délicatement ses lèvres sur celles de Marlene, ses genoux fléchirent. Elle plaça sa main dans le dos de Marlene et l'attira à elle.

La Lune commençait à se lever, énorme, au-dessus du pont des Arts, sphère tubéreuse de lumière qui se reflétait sur la Seine.

« Prenons un taxi pour aller à l'hôtel, murmura Marlène, son corps éperdu, ses gémissements s'intensifiant sous la pression des lèvres de Thérèse insistantes sur les siennes. Elle sentit sa faim, voulant combler ce désir, mais aussi voulant tellement plus.

– Nous avons quelques heures avant le retour de Gabriela, souffla-t-elle. »

Thérèse ne parlait pas, mais sa respiration devenait plus forte. Son corps se pencha vers celui de Marlene, ses jambes entourant les siennes, pressantes.

Marlene leva les yeux, ne voulant pas que ce moment s'arrête si vite mais souhaitant aussi plus d'intimité. Un taxi passa, Marlene le héla alors que Thérèse faisait courir ses doigts dans ses cheveux et lui glissait des clins d'œil. En quelques minutes, elles étaient à la porte de sa chambre d'hôtel. Marlene fouilla dans son sac à main pour trouver sa clé pendant que Thérèse lui taquinait les lobes d'oreille avec des petits baisers.

Une fois à l'intérieur, les mains de Thérèse défirent les boutons, les fermetures éclair. L'extrémité de leurs doigts s'effleurant, leurs mains qui se répondaient. Enfin nues, leurs lèvres se rejoignirent, irrésistiblement attirées comme des aimants, tandis qu'elles bas-culaient sur le lit. Leurs gémissements s'intensifiaient. Thérèse se coula le long du corps de Marlene et goûta la moiteur de son intimité. Les mains de Marlene enserraient la tête de Thérèse, la pressant contre elle. Thérèse insinua sa langue, Marlene palpitait, haletante. Elle s'agrippa aux cheveux de Thérèse, ses murmures de plaisir devinrent des cris retentissants. Elle attira Thérèse vers elle et l'embrassa. Elles s'enlacèrent encore et encore, roucoulant, se caressant, se câlinant, se tenant, comme collées l'une à l'autre.

La Lune, dehors, montait vers son point culminant, magnifique dans le ciel, la lumière reflétant l'énergie de la reddition.

CHAPITRE 33

Quatre ans plus tard

Juin 2004

Paris

Thérèse était assise à côté de Lucien dans le grand amphithéâtre, datant du XIXe siècle, de la Sorbonne. Des citations de Pascal et Descartes les entouraient. Tous deux portaient une bague de fiançailles en or. Ils conversaient en français.

« Raconte-moi comment tu as fait la connaissance de Gabriela.

Les yeux de Thérèse brillaient. Elle se souvint de la première fois qu'elle l'avait rencontrée, dans ces toilettes à Berkeley. Gabriela avait des yeux inoubliables, ils semblaient plonger directement dans l'âme de la personne, comme ceux d'un hibou.

Lucien rit. Ses cheveux foncés, ondulés, rebondissaient délicatement sur son cou et tressautaient quand il riait.

— Je voulais apprendre la langue des signes en roumain.

Il s'arrêta, désigna sa bague et sourit. Son visage devint rouge. Il avait l'air timide, réticent à continuer.

— Pourquoi étais-tu si intéressé par la langue des signes roumaine ?

Thérèse savait changer momentanément de sujet pour aider l'autre à se sentir à l'aise... ils pourraient éventuellement revenir à sa première question plus tard.

— Ma nièce de huit ans m'a inspiré. Elle est sourde.

Il s'arrêta et regarda ses pieds. Thérèse hocha la tête l'invitant à continuer.

— Ma sœur et son mari, ses parents, n'arrivaient pas à accepter le diagnostic des médecins quand elle était en bas âge. Ils l'ont forcée à apprendre à lire sur les lèvres et à intégrer une école classique à Bucarest. Mon beau-frère vient d'une famille riche. Ils vivent dans une maison chic, dans un quartier huppé aux mœurs blingbling, avec professeurs particuliers, bonnes et tout ce qu'on peut imaginer, excepté la compassion pour accepter le handicap de leur fille unique. Plusieurs fois j'ai suggéré que Nadia, ma nièce, apprenne la langue des signes. Ma sœur et son mari n'ont fait qu'en rire. Ils la forcent à vivre dans un monde qui n'est pas le sien, où elle n'a pas les clés pour s'exprimer dans un langage non écrit. Cela me brise le cœur. Après mûre réflexion, j'ai décidé que non seulement j'apprendrais la langue des signes, mais aussi que je l'intégrerais dans un plan d'étude qui me permettrait d'atteindre d'autres personnes dans mon pays d'origine. Quand j'ai découvert le programme de langue des signes à la Sorbonne, je me suis enthousiasmé. Cela résonnait complètement avec mon projet.

Il s'arrêta, sourit et pointa sa bague. Thérèse sourit en hochant la tête. Elle savait ce qui allait suivre.

— Crois-tu au coup de foudre ?

Thérèse hocha la tête et rit.

— Oh oui. Absolument !

— Quand j'ai rencontré Gabriela dans cette classe le premier jour, il y a six mois, j'ai su qu'elle était la femme que je voulais épouser.

Son visage devint encore plus rouge.

— Ses yeux, hein… ? souffla Thérèse.

— Oui. Tout à fait, répondit-il en riant. Mais plus que ça… son être profond. La façon dont elle bouge dans une pièce, entrainant son audience avec sa beauté et sa détermination. Quand nous avons commencé à faire connaissance, j'ai ressenti la profondeur de son énergie.

— Tu parlais déjà couramment la langue des signes française ?

— Oui. Complètement. Je l'ai apprise assez vite. Cela m'a surpris un peu. Tu sais que ma mère est française. Donc c'était un peu comme une extension de ma langue maternelle. Gabriela et moi avons appris la langue des signes roumaine comme si c'était un prolongement de nous-mêmes. Tu ne le vois peut-être pas, mais quand elle communique dans sa langue maternelle, une tout autre partie d'elle ressort. Quelque chose de plus riche et encore plus expressif que lorsqu'elle s'exprime en langue des signes anglaise ou française.

Thérèse hocha la tête.

— Cela prend tout son sens.

Elle se tut.

— Comment se fait-il que vous ne vous soyez pas rencontrés plus tôt ? Le programme n'est pas si vaste, si ?

— Tu sais, on pourrait croire que cela était possible. Mais en fait, je suis en troisième année, et elle est en quatrième et dernière année. Pour une raison inconnue, le programme sépare les différents niveaux de manière assez rigide. Ils ont un strict programme d'études pour chaque promotion. Et finalement c'est bien comme ça. On se sent moins intimidé.

Il rit.

— J'ai dû leur mettre un peu la pression pour pouvoir m'inscrire au cours de roumain. C'était seulement ouvert aux diplômés, mais il n'y avait pas beaucoup d'inscrits, alors ils m'ont accepté.

Il sourit, fit une pause et eut l'air rêveur.

— Était-ce un coup de foudre entre Marlene et toi ? Tu as acquiescé de manière très enthousiaste quand je te l'ai demandé tout à l'heure, gloussa Lucien.

– Tout à fait !

Ils s'esclaffèrent tous les deux de leur dénominateur commun. Les cheveux de Lucien s'enroulèrent de nouveau autour de ses épaules comme une danse.

– Bien qu'il nous ait fallu quinze ans pour le réaliser... »

Thérèse semblait sur le point de pleurer.

* * *

Marlene et Gabriela étaient dans les coulisses, transpirant et faisant les cent pas. Trois douzaines d'autres hommes et femmes faisaient de même. Dans quelques instants ils allaient recevoir leurs diplômes, devenant ainsi la première promotion de la Sorbonne dans le département de langue des signes internationale. Normalement, les départements organisaient des cérémonies de remise des diplômes uniquement pour les doctorants, mais parce que c'était une année inaugurale, charnière, l'université avait renoncé au protocole habituel.

En quatre ans, chaque diplômé avait appris au moins trois langues des signes. Le français et l'anglais étaient obligatoires. Chaque étudiant choisissait librement la troisième. En outre chacun devait suivre une multitude de cours obligatoires en théorie politique, en sciences et technologies, en mathématiques, en psychologie sociale, en histoire, en éthique, en littérature et en droit, notamment sur les questions juridiques contemporaines liées à la surdité.

Durant ces quatre années, Gabriela avait appris qu'elle pouvait vivre sans sa mère. Elle avait cependant commencé le programme, pleine de doutes et de craintes. Jamais elle n'avait connu un tel tourment intérieur, remarquant comme son estime d'elle-même avait diminué quand elle était entrée dans cette première classe, en réalisant qu'elle était la seule personne totalement sourde dans la pièce. Elle se souvint immédiatement qu'elle était aussi la seule dans cet océan de visages qui n'avait jamais entendu un morceau de musique, la voix humaine, le bruit des vagues et de l'océan, ou les pleurs d'un nourrisson. Au début, sa mère avait été sa béquille, mais rapidement, elle n'avait plus voulu qu'elle joue ce rôle.

« Maman, avait-elle commencé l'air sérieux, un jour de fin septembre de leur première année, il m'arrive quelque chose. J'ai l'impression de me perdre.

— Que veux-tu dire ? lui avait répondu Marlène.

— Tu te souviens que nous avons conclu un pacte il y a une quinzaine d'années ? Celui de ne jamais nous séparer l'une de l'autre ?

Sans attendre que sa mère lui réponde. Elle avait rapidement ajouté :

— C'était notre jeu, n'est-ce pas ? Mais c'était réel aussi. Je sentais que j'avais besoin de toi pour vivre. Et peut-être que c'était pareil pour toi ?

Elle était partie dans un grand éclat de rire. Marlène avait ri également et lui avait souri.

— Et ça a marché pendant toutes ces années. Regarde-nous, nous avons même convaincu la très estimée université de la Sorbonne, et tous les lieux où nous sommes allées, que nous étions une équipe, que nous étions dépendantes l'une de l'autre, interdépendantes.

Marlene avait hoché la tête et continué de sourire.

— Mais quelque chose est en train de changer en moi, maman. Je ne suis pas tout à fait sûre de ce que c'est. Je suis terrifiée ici. Je suis la seule personne totalement sourde dans ce programme. Et en même temps je ne veux plus m'appuyer sur toi comme toutes ces dernières années. »

Elle se tut un instant.

— J'ai tort ?

— Ta dernière question est-elle rhétorique ? demanda Marlene

Elles éclatèrent de rire toutes les deux.

– Toi … et moi… savions que cela allait arriver un jour. Pas vrai ? Tu grandis, tu es supposée devenir autonome et indépendante. Je savais que tu déciderais quand cela serait le cas.

– Oui, mais j'ai l'impression d'être sur une pente glissante. Je suis tellement mal à l'aise avec moi-même. Je n'ai jamais ressenti ça, maman.

Des larmes silencieuses coulaient le long de ses joues.

– C'est la première fois depuis que tu es toute petite, sauf dans cet horrible motel, que tu es dans un endroit où tu es la minorité. Tu as été entourée de tes semblables pendant quinze ans. Et chaque fois que tu n'étais pas avec eux j'étais là. J'étais consciente que je faisais partie du problème, mais c'était notre volonté que ça se passe ainsi. C'était notre douce réalité. Je savais, cependant, qu'un jour ce ne serait plus le cas. Et j'étais sûre que ce serait une bonne chose. C'est ce qu'on appelle grandir.

– Mais c'est si... Je n'ai pas de mot pour ça... peut-être… *googie…*

– *Googie* ? interrogea Marlene en tentant de reproduire le geste de sa fille.

– Oui, c'est un mot que je viens d'inventer. Parce que... je me sens vraiment mal à l'aise… Comme si l'enfant qui est en moi se battait avec l'adulte qui veut émerger et en même temps ne savait pas trop comment faire.

– Oui. Je comprends, acquiesça Marlene.

Elle posa ses deux mains sur les joues de sa fille.

– Mais comment je vais faire pour communiquer avec les autres ici ?

– Comme tu le fais toujours, ma chérie : avec toute ta beauté, ton dynamisme, et ta passion intérieure. »

Gabriela s'était mise à pleurer, avait tendu les mains vers sa mère, l'avait entourée de ses bras et serrée très fort. Puis elle s'était détournée et éloignée.

Elle ne vit pas sa mère pleurer alors qu'elle franchissait le seuil de la maison.

* * *

Gabriela avait beaucoup étudié ces quatre dernières années. Car elle devait faire face à la fois et à la qualité du travail qui lui était demandée et qui était bien plus difficile que ce à quoi elle était habituée, et à sa motivation personnelle : elle devait vraiment exceller et surpasser tout ce qu'elle n'avait encore jamais expérimenté par elle-même. Elle grandissait dans son amour de l'apprentissage et cela l'aidait à s'éloigner de son besoin d'enfant d'être en permanence avec sa mère. Elle s'était fait beaucoup d'amis. Paris était le lieu de toutes leurs escapades.

Une année était passée, puis une autre, et puis deux autres et elle se découvrait, moment après moment, aimant sa vie, ses choix, Paris, être adulte, être sourde.

« Maman, Thérèse ? », avait-elle annoncé un jour au cours du déjeuner du dimanche. C'était le moment de la semaine où sa mère et elle, et Thérèse si elle était là, se retrouvaient pour échanger ensemble. Les soirs de semaine et les week-ends, Gabriela étudiait ou sortait avec ses amis. Durant les cours, sa mère et elle étaient collègues, et si elles se partageaient les prises des notes, elles avaient tacitement établi entre elles une certaine distance qu'elles respectaient.

Les deux femmes avaient levé les yeux. Thérèse avait suivi chacun des mouvements de ses mains. Elle aussi s'était adaptée à cette langue.

« Je vais me marier » avait-elle dit simplement, le visage illuminé comme la Tour Eiffel un 14 juillet.

* * *

Quand Lucien était entré dans la salle de cours pour la première fois, quelques minutes après qu'elle fut arrivée et qu'elle se fut installée, elle avait senti sa présence avant même de le voir. Son parfum lui rappelait quelque chose avait-elle songé tandis qu'il s'asseyait à côté d'elle et se présentait. *Qu'est-ce que c'était ?* La deuxième chose qu'elle avait remarqué était ses cheveux. Ils étaient absolument magnifiques. Ondulés, tombant sur ses épaules. Sombres. Comme ses yeux aussi. Elle avait décidé que c'était quelqu'un à regarder et à ne pas laisser passer.

« Salut ! Je suis Lucien, avait -il dit en langage des signes.

– Salut ! Je suis Gabriela. » Elle marqua une courte pause « D'accord. En langue des signes roumaine bien sûr puisque c'est le cours. Pourquoi ?

– T'es super directe toi, hein ? avait-il répondu en riant. Je suis à moitié roumain.

– Quelle moitié ?

– Papa.

– Et ta mère est française ?

Oui. Tout à fait.

Il s'arrêta.

– Juive, ajouta-t-il après une longue pause, d'un geste plus tranquille.

– Et toi ?

Son visage s'était adouci. Il semblait content de changer de sujet après son dernier commentaire.

– Cent pour cent.

– Française ?

– Non. Zéro pour cent.

– Laisse-moi deviner… Roumaine.

– Oui.

Alors pourquoi es-tu dans un cours pour apprendre la langue des signes roumaine ?

– Parce que je ne connais pas cette langue. »

Le professeur avait alors agité ses mains pour demander le silence et commencer le cours.

Lucien avait secoué la tête et souri. Gabriela avait les mains moites et pouvait à peine tenir son stylo pour prendre des notes. *Son odeur me rappelle la Roumanie, cette ferme, ces murs, la terre. Oh mon Dieu !*

Elle avait pris son stylo comme elle avait pu et griffonné un petit mot : « Aller boire un verre après le cours ? » Elle le lui avait passé discrètement. Il l'avait regardé, avait souri et acquiescé.

Ils avaient parlé pendant des heures ce premier jour, se racontant leurs histoires l'une après l'autre. Sans jamais cesser de sourire. Gabriela sentait quelque chose dans son corps la secouant follement, modifiant tout ce qu'elle savait d'elle-même.

Le premier jour avait fait place au deuxième, puis à la semaine et aux suivantes. Leurs conversations étaient énergisantes. Gabriela se sentait comme chez elle avec cet homme.

Ils avaient parlé avec tellement d'évidence dès le début.

« C'est le début de notre vie commune, tu sais, lui avait dit Lucien en agitant ses mains, six semaines après leur rencontre.

– Je le sais depuis que tu as passé la porte le premier jour. Je l'ai senti. Je savais que tu étais l'homme que je voulais épouser.

– Attends, laisse-moi te poser la question dans les formes. Est-ce que tu veux m'épouser, ma merveilleuse Gabriela ?

Il avait mis un genou à terre à côté d'un banc au parc Monceau. Le printemps éclatait autour d'eux, et les jonquilles jaune vif jaillissaient partout dans le parc.

– Oui, oui, et oui, Lucien, mon Lucien adoré ! Et ce n'est que le début ! » avait continué Gabriela en se penchant vers lui.

Ses mains caressaient l'air comme le vent au-dessus d'un lac immaculé.

Le soleil de fin d'après-midi les éclairait. Il semblait que tout Paris applaudissait, demandant un rappel.

* * *

« Merveilleux !! Merveilleux !! avaient répondu en chœur Marlene et Thérèse avec fougue.

– Dis-lui de venir tout de suite ! avait surenchéri Marlene. Nous devons absolument vous porter un toast ! »

Gabriela s'était mise à rire en sortant son téléphone pour envoyer un texto à Lucien.

« Oui j'arrive ! J'étais justement dans le quartier. » fut sa réponse.

Dix minutes plus tard, il était assis à la table du dîner, ouvrant une bouteille de champagne.

Tout le monde était tombé sous le charme du délicieux, plaisant et si intelligent franco-roumain dès l'instant où il avait été présenté à la famille cette année-là. Ils avaient trinqué encore et encore.

« À l'amour » dit Thérèse en langue des signes, rayonnante, en allant de Gabriela à Lucien, regardant le visage fasciné de la jeune femme et les yeux enamourés du jeune homme.

Alors Gabriela avait dit gracieusement de ses mains :

« Maman, Thérèse et toi devriez-vous marier aussi ! Pourquoi pas le même jour ?! On ferait une cérémonie commune !

Ils avaient tous éclaté de rire.

– Non, seulement vous deux, avait répondu Marlene. Vous n'avez pas besoin de vielles choses comme nous.

– D'abord, vous n'êtes pas vieilles ! Et pour nous deux, ce serait super d'avoir une double cérémonie d'amour, ajouta Lucien.

Tout le monde avait souri à l'audace du jeune homme.

– Pourquoi pas ? était intervenue Thérèse. Elle avait tendu la main et embrassé Marlene.

Et ils avaient de nouveau trinqué, rayonnants.

* * *

Lucien se tortillait sur la chaise. Gabriela était la seule à l'avoir remarqué.

« Dis-leur !

— Dis-nous quoi ? avait demandé Marlene en servant une magnifique crème brulée. Elle maîtrisait parfaitement l'art de la cuisine française.

Lucien, habituellement si doux et confiant, tremblait un peu en agitant ses mains.

— Ma grand-mère insiste pour qu'un rabbin bénisse notre union.

Il s'était tu un instant.

— Mes parents s'en fichent. Mon père n'est même pas juif.

Thérèse et Marlene étaient restées silencieuses. Sur le visage de Thérèse, on voyait s'agiter ses pensées comme une tempête en mer. Elle avait semblé remettre ses idées en ordre puis avait regardé attentivement Lucien.

— Parle-nous de ta grand-mère. Tu ne nous as jamais parlé d'elle ou de tes origines juives.

— Je n'en parle pas beaucoup. Ce n'est pas quelque chose que nous faisons dans ma famille. Mais j'ai réalisé que si je me mariais, ma grand-mère me ferait la misère si je ne faisais pas un mariage juif, ou a minima une bénédiction par un rabbin.

— Bon, mettons le mariage de côté pour le moment. Est-ce que c'est possible de parler un peu de ta famille ? Tu peux nous en dire un peu plus ? Nous raconter ?

Ils avaient tous regardé Thérèse et Lucien. Car tout le monde avait compris que Thérèse voulait savoir quelque chose, avant de donner son idée.

— Personne ne sait grand-chose, en fait, avait-il soupiré avant de s'interrompre.

— Ce qu'il s'est passé n'a pas vraiment été transmis. Le père

214

de ma grand-mère jouait du violon. La famille a été arrêtée et envoyée au Vél'd'Hiv' puis à Auschwitz, où ils sont tous morts. La nuit précédant leur arrestation et celle de la jeune fille au pair de ma grand-mère, ils ont pu cacher ma grand-mère dans une église de la ville voisine. Mes arrière-grands-parents avaient payé le curé pour la garder, en lui disant qu'après la guerre ils reviendraient la chercher. Ma grand-mère avait huit ans. Elle n'a jamais revu sa famille. Le curé s'est occupé d'elle pendant toute la guerre, et quand celle-ci a été finie, comme elle n'avait plus personne, il l'a encouragée à se faire baptiser. Ce que, apparemment, elle a fait volontiers. Elle a vécu sa vie comme une Française catholique, a épousé un catholique, mais il y a quelques années, elle nous a parlé de ses origines et nous l'avons encouragée à en discuter avec un rabbin. Ce qu'elle a fait. Il lui a suggéré de se reconvertir à sa religion d'origine. Ce qu'elle a aussi fait, mais c'est resté un secret pour tout le monde en dehors de la famille.

Lucien s'était tu. Il tremblait encore un peu.

— Vous n'avez pas raconté cette histoire à beaucoup gens, n'est-ce pas ? avait demandé Thérèse.

Lucien avait secoué négativement la tête.

— Qu'est-il arrivé au violon ?

Marlène avait hoché la tête. Elle sentait que cette question finirait par arriver. Lucien regarda Thérèse avec intensité.

— Oh, mon Dieu, non, ce serait fou !

— Quel était le nom de jeune fille de ta grand-mère ?

— Elle ne nous l'a jamais dit, mais un jour, j'étais chez elle, et elle m'a demandé de prendre quelque chose dans l'armoire de sa cuisine. Il y avait une petite pile de lettres derrière ses livres de recettes, comme si elle les cachait. Elles étaient adressées à Rachel Yitzhak. Alors que tout le monde la connaît sous le nom de Nathalie Duval.

Il s'était arrêté. Ses mains tremblaient. Thérèse les prit un instant dans les siennes.

— J'ai retrouvé le violon de ta grand-mère. Humm... c'était il y a cinq ou six ans environ. Je me souviens l'avoir rencontrée. J'ai trouvé ce violon à Berlin dans un magasin d'occasions. C'était un instrument de grand prix. Un Stradivarius.

Elle s'était arrêtée un court instant.

— Ces lettres venaient-elles de Jacob Bernovitch ?

— Oui.

— Nous lui avions demandé de jouer au concert de l'an 2000... celui où les membres des familles jouaient sur leurs instruments récupérés après leur spoliation par les nazis. Ce fut un événement extrêmement émouvant. J'imagine que c'était cela le contenu des lettres. Ta grand-mère n'est pas venue. Ça a dû être si difficile pour elle.

— C'était avant que la famille ne sache quoi que ce soit, avait-il soufflé.

— C'est étrange, parce qu'un jour, il y a cinq ans, elle est revenue avec un violon. Il avait l'air vieux. Elle nous a dit qu'elle voudrait peut-être rejouer. Elle nous a appris que lorsqu'elle était au lycée, elle avait vaguement joué, puis avait perdu tout intérêt et avait donné son violon. Je pense qu'elle ne l'a même pas touché. La dernière fois que je l'ai vu, il était dans son grenier.

Thérèse avait hoché la tête.

— C'était il y a cinq ans, en 1999. Oui, c'est ça, quand j'étais à Berlin. J'ai tenu cet instrument dans mes bras pendant un moment avant de le rapporter à Paris pour le montrer à monsieur Bernovitch. Il sentait la paix, tu comprends. Il avait un son délicieux, une tonalité très douce. L'assistant de monsieur Bernovitch avait découvert qu'il avait été fabriqué en 1720 et avait été la propriété de votre arrière-grand-père, lequel jouait dans l'Orchestre National de France avant la guerre.

Lucien s'assit en silence pendant un moment.

« – Après qu'on lui eut rapporté ce violon, tout sembla avoir changé dans la famille. Peu de temps après, elle a parlé à ce rabbin et ensuite elle a suivi le processus de conversion. Je pense que c'est ce violon qui l'a ramenée à ce qui était caché en elle, même si elle n'en avait jamais parlé à sa famille.

– Comment les choses ont-elles changé ?

– Elle semblait plus heureuse. Je ne peux pas vraiment le décrire autrement. »

Tout le monde s'était senti en paix à ce moment-là, rejoignant la sérénité qui s'était instaurée entre Thérèse et Lucien, le genre de calme qui règne quand un énorme secret a finalement été libéré. Ce qui perdure ensuite est une sorte de repos.

CHAPITRE 34

Gabriela et Lucien se tenaient dans une cour verdoyante à l'extérieur de la synagogue. Le rabbin réformateur récita un *Mi Shebeirach*, bénédiction honorant leur futur foyer rempli d'amour. L'ensemble de la cérémonie dura cinq minutes.

La grand-mère de Lucien était le seul témoin. Ses yeux étaient emplis de larmes. Elle pouvait à peine les retenir.

À l'extérieur de la synagogue, le reste de la famille de Lucien, Marlene, et Thérèse rejoignirent la grand-mère et les mariés. Ils entrèrent dans une limousine et se dirigèrent vers le parc Monceau pour le mariage.

Un événement étonnant avait lieu sur les magnifiques marches en pierre du parc : trois robes de mariée et un seul smoking. Dans un silence total à l'exception des mains, qui elles, parlaient beaucoup. Même le conseiller municipal qui célébrait le mariage le faisait en langue des signes.

Un jeune enfant avec sa maman, assis sur un banc près du lieu de la cérémonie, dit d'une voix forte :

« Maman, est-ce que cet homme se marie avec les trois femmes ? Et pourquoi personne ne parle ?

– Chut...non, répondit-elle d'une voix discrète. Il se marie seulement avec l'une d'elle. Les deux autres femmes se marient ensemble. Et *elles sont en train* de parler. Avec leurs mains. Il suffit de regarder.

Le petit garçon ouvrait grand les yeux d'étonnement.

– Quand je serai grand, je veux épouser trois femmes dans des belles robes et agiter mes mains en l'air comme des oiseaux ! » déclara-t-il, un peu plus discrètement.

Il y avait des fleurs partout. Celles qui fleurissaient dans le parc et celles des bouquets apportés par les invités. Accompagnant cette douce odeur flottait dans l'air l'arôme des strudels fraîchement cuits qui entouraient un grand gâteau de mariage à trois niveaux, orné de fleurs et de fraises. Les bouteilles de champagne, prêtes à être ouvertes, se trouvaient sur une autre table.

Lorsque la brève cérémonie fut terminée, les convives mangèrent, burent et rirent mais surtout, ils embrassèrent les deux couples mariés.

Debout près d'un arbre en fleur, monsieur Bernovitch regardait les invités. Il remarqua surtout une personne et ses yeux se fixèrent sur son visage. Il lui semblait la reconnaitre. Thérèse s'approcha, son visage resplendissant.

« Mazel tov Thérèse ! C'était au-delà de la beauté.

Elle rayonnait.

– Je vois que vous regardez Rachel Yitzhak. Elle est celle qui n'a pas assisté au concert. Elle est la grand-mère de Lucien. »

– Oh mon Dieu !

Il s'arrêta.

– Alors, c'est votre tour. Je me demandais si le travail monumental que vous avez fait toucherait un jour votre propre famille.

Thérèse hocha la tête. Elle avait les larmes aux yeux.

– Pas de larmes ! C'est le jour de votre mariage !

Il posa son bras autour d'elle.

Venez. Allons lui parler !

– Pensez-vous que c'est ce qu'elle souhaite ?

– Oui. Je crois.

Ils s'approchèrent tous les deux. Elle tenait une coupe de

champagne et parlait à sa fille.

— Excusez-moi, désolée de vous interrompre madame Duval.

— Oh, pas de souci, Thérèse, et appelle-moi Rachel !

Elle fit une pause.

— Quel si beau mariage ! J'en ai pleuré ! Un mariage très différent de ce que l'on attend. Je suis si heureuse pour mon petit-fils. Il me parait plus heureux que jamais.

Elle s'interrompit de nouveau.

— Merci d'avoir insisté pour qu'ils acceptent une bénédiction du rabbin. Cela signifiait beaucoup pour moi.

— Bien sûr, Rachel. Cela m'a semblé tout à fait normal de le faire.

Elle prit une respiration et fit signe à Jacob d'approcher.

— Rachel, je crois que vous avez rencontré ce monsieur il y a plusieurs années, en 1999. Puis-je vous le présenter à nouveau ? ... Jacob Bernovitch.

Elle se tourna vers Jacob.

— Monsieur Bernovitch... voici madame Du...

— Yitzhak, madame Yitzhak.

Rachel observa Jacob.

— Vous m'êtes familier…

Jacob lui tendit la main.

— Enchanté.

Il prit son temps et la regarda dans les yeux.

— C'est mon organisation qui a retrouvé le violon de votre père. Pour être précis, c'est Thérèse qui l'a retrouvé à Berlin.

— Mon dieu. C'est Thérèse qui l'a trouvé ?

Il hocha la tête en signe d'approbation.

Rachel se rapprocha de Thérèse et l'embrassa. Elle se mit à pleurer. D'énormes larmes lui mouillaient le visage et tombaient sur les épaules de Thérèse. Puis elle embrassa Jacob.

— Ce violon a changé ma vie, dit-elle d'une voix calme. Il m'a rendu mon identité, celle que j'avais cachée au monde - et à moi-même - depuis près de soixante-dix ans. »

Personne ne savait vraiment quoi dire. Alors, cette dernière déclaration s'évanouit dans un silence tranquille.

* * *

Quand le mariage fut terminé et tous les invités partis, les deux couples s'assirent sur le même banc que celui où Lucien avait demandé Gabriela en mariage quelques mois plus tôt. C'était le début de soirée, et la lumière faiblissait doucement.

« Prenons une photo de nos quatre alliances ! », proposa Gabriela. Son sourire irradiait de bonheur.

Ils étaient tous les quatre éblouissants quand un passant prit la photo avec l'appareil de Lucien. Quatre mains levées, deux sur les deux autres, enchevêtrées comme des bijoux, brillants sous le soleil de la fin de cette journée de printemps. Les souvenirs de ce jour étonnant rendaient chacun heureux, délicieusement heureux.

« C'était vraiment une excellente idée pour clore cette journée » signa Marlene.

Les autres approuvèrent tandis que le soleil commençait à disparaitre derrière les cimes des arbres et que les oiseaux du soir entonnaient leurs chants.

CHAPITRE 35

Peu après leur mariage, Gabriela et Lucien réussirent à trouver une chambre de bonne,[42] une minuscule chambre qu'ils louaient au sixième étage d'un bel immeuble haussmannien du 8e arrondissement. Cela leur convenait bien.

Pendant que Lucien finissait sa dernière année d'études, Gabriela passait des entretiens d'embauche. Elle était très demandée, et plusieurs organisations en France et en Europe lui faisaient les yeux doux. Son premier choix fut l'ONU. Ils l'embauchèrent avec un salaire impressionnant, pour créer une nouvelle structure ayant pour mission d'accompagner les enfants roumains sourds et muets. Son but était de leur apprendre la langue des signes, pour les aider à s'intégrer dans leurs communautés et leur permettre de vivre en liberté dans leur propre pays.

Elle trouva un bel appartement à Bucarest, surplombant la rivière Dâmbovița. Les jeunes mariés commencèrent à partager leur temps entre Paris et Bucarest.

Ils continuaient d'assister aux déjeuners du dimanche midi avec Marlene et Thérèse aussi souvent qu'ils le pouvaient. À chaque fois ils trinquaient à leurs vies, leurs nouvelles aventures, et au miracle de la création de soi qui émerge de l'amour. Gabriela ajoutait toujours :

---

42   En français dans le texte

222

« Et maintenant, à Paris, qui nous a entrainé ici, qui nous a inspirés, et que nous ne quitterons jamais, jamais ! »

Ils étaient tous bien d'accord.

Un dimanche, un an après le mariage, Thérèse interrompit le flot infini des mouvements de mains et dit en signant en même temps :

« Mesdames, monsieur…attention : annonce ! »

Tout le monde rit.

— Je prends enfin ma retraite de mon cabinet de psychiatre. Je viens juste de trouver un acheteur pour ma maison à Saint-Ismier, et, avec ta mère nous venons d'acheter un magnifique appartement de deux chambres, très lumineux dans le 15e arrondissement, avec vue sur la Seine.

— Waouh !!! Lucien se leva et les souleva toutes les deux de leurs chaises.

— Attendez ! Attendez ! Ajouta Marlene en bougeant ses mains. Et moi, « *L'Ecole des Myrtilles* » vient de m'offrir le poste de directrice !

Marlene avait travaillé toute l'année passée en tant que professeure dans cette petite école pour sourds au cœur du Marais.

« Waouh waouh !!! Lucien, déchainé rangeait toutes les chaises.

— Attendez !!! Moi aussi j'ai une annonce !!

Gabriela rayonnante caressa son ventre.

— Oh mon Dieu !! cria Marlene.

— Oui, nous allons avoir un bébé !

Lucien était rouge écarlate de joie.

— Une belle nouvelle n'arrive jamais seule. » déclara Thérèse tout simplement, alors qu'ils levaient leurs verres encore et encore.

* * *

Lucien fut diplômé à la fin de l'année et rejoignit Gabriela dans son travail pour la nouvelle organisation en Roumanie, où ils reçurent tous les deux une médaille d'honneur nationale. Quelques mois plus tard, Gabriela donna naissance à une petite fille qu'ils prénommèrent Manon. Elle grandit dans un monde totalement trilingue.

Adorable petite Manon qui tomba amoureuse de Paris dès son plus jeune âge. Une de ses activités préférées était de flâner sur l'herbe, et de rire sous la tour Eiffel, en pointant ses doigts vers le haut, étirant son cou pour en voir le sommet.

Épilogue

Marlène et Thérèse s'étaient assises sur une pelouse au bord de la Seine. Leurs jambes et leurs mains enchevêtrées, elles appréciaient les brises chaudes de la nuit d'été caressant leur peau. Elles se tournèrent l'une vers l'autre, leurs lèvres entretenaient le feu, trouvant le réconfort, trouvant la musique, la trouvant encore et toujours, tandis que le scintillement d'un carrousel au loin, les lumières et les odeurs de tout ce qui était Paris les entouraient d'un bourdonnement familier. Elles se levèrent pour partir, main dans la main, marchant dans les rues qui refusaient de dormir, shootant dans les feuilles mortes qui, comme des plumes d'oreillers, avaient atterries sur leurs pieds. Elles riaient, leurs lèvres se rejoignaient, comme elles le feraient cette nuit dans leur lit, comme elles le faisaient depuis des années, l'harmonie de la vie les caressant sans effort.

Thérèse continua à chercher des instruments à cordes. Elle en récupéra près de cinq cents au cours de sa vie. Marlene travailla comme directrice de l'école pendant des décennies jusqu'à sa retraite à l'âge de soixante-dix ans.

Manon était devenue une visiteuse régulière de Paris. Elle finit par apprendre à jouer du violon sur celui de son arrière-arrière-grand-père. Quand elle eut seize ans, elle se produisit en tant que musicienne de rue sous la tour Eiffel. Plus tard, elle deviendrait concertiste et maître concertiste de L'Orchestre National de France.

L'idée de ce roman *Quand Paris était son amour* a été trouvé à Paris même. Je rendais visite à une amie chère, Anne Houssay. Elle m'a montré son lieu de travail, musée de la Musique, où elle étudiait et restaurait les instruments à cordes les plus précieux de cette planète. À la fin de cette visite incroyable, elle m'a tendu une brochure et m'a dit qu'elle pensait que je pourrais être intéressée par le sujet. Plus tard ce jour-là, dans l'avion du retour, je l'ai sortie et commencé à la lire. J'ai immédiatement été accrochée, émue et inspirée. J'ai su alors que dès mon arrivée à mon bureau, un livre en sortirait.

Merci profondément, Anne, de m'avoir présentée à « *Musique et spoliation : recherche de provenance des instruments et documents musicaux* » (musique pillée : traçage des instruments pillés et matériels musicaux).

Un autre être humain magnifique et une chère amie, Chloé Laroche, m'a présenté le système des adoptions roumaines. Une année, je lui ai rendu visite près de Grenoble, et j'ai été honorée de rencontrer sa magnifique fille Julia, qu'elle et son mari d'alors avaient adoptée en Roumanie. Cette enfant qui a grandi pendant la période brutale de la dictature de Ceausescu, était arrivée avec de multiples défis, mais pour chacun d'eux Chloé l'a aidée à les dépasser dans l'amour et des soins constants. Toutes ces années, Julia a grandi et mûri, et Chloé m'a démontré comment l'amour peut vraiment transformer un être humain. Merci, chère Chloé.

Un grand merci à mon amie Brune d'Esna, qui m'a donné la permission d'utiliser une de ses photos pour la couverture de mon livre, aperçu intemporel de Paris, qui capte la véritable essence de cette ville magique où elle est née.

Un autre grand merci va à l'étonnante artiste qui a créé la couverture du livre, Clare Colins. Elle a inventé une œuvre d'art brillante qui mélange la beauté intemporelle de Paris avec la terre rouge d'Australie et la magnificence du violon... sous tout cela il y a l'horreur de la guerre, pourtant son art nous montre comment la douleur de l'existence humaine peut être transcendée vers le sublime, la survie dans son règne absolu.

Merci Merci Merci à mon absolue magicienne des mots Agnès-Lahn Gozin pour sa traduction somptueuse de ce livre de l'américain vers le français.

Merci, Karen Windhorn, directrice du programme petite enfance à l'école des sourds de Rochester, pour m'avoir transmis avec sagesse des faits et éléments inspirants concernant le développement du langage chez le jeune enfant sourd.

Merci à mes rédactrices pour le travail en coulisses qui transforme un pavé de mots anglais en un livre qui se tient, prêt à être lu : Elizabeth DeNoma et Beth Partin.

Et merci aussi à Aude Ramadier qui a fait une belle relecture et correction de la version française de ce roman.

Merci à Kathy Campbell de Gorham Printing pour son beau travail sur la couverture et la mise en forme du livre. Merci à tout le monde chez Gorham Printing pour avoir transformé mon document texte en ce livre que vous tenez dans vos mains.

Il y a eu des périodes pendant la gestation de ce livre où nous avons oublié comment nous embrasser les uns les autres. J'ai appelé cette peur de toucher l'autre le « trouble d'évitement de la COVID ». Pourtant, moi aussi, j'ai respecté cette barrière, avec ma précieuse mère. À quatre-vingt-douze ans, cette survivante de l'Holocauste, me rappelle constamment la façon dont la survie et l'amour sont liés. J'adore, je chéris je respecte, j'admire, et plus que tout j'aime ma précieuse maman. Je t'aime, je t'aime, je t'aime.

Et enfin, est-il présomptueux de me sentir reconnaissante envers moi-même ? Les obstacles étaient énormes : ma fibromyalgie qui se déchaîne souvent avec des poussées incontrôlables, combinée à l'anxiété liée à la COVID et à un épuisement fréquent.

Une nuit, j'ai rêvé d'ouvrir une maison d'édition non seulement pour mes livres, mais aussi pour ceux des autres. En métaphore les rêves sont de vraies pensées. Je sais qu'il y a tant d'histoires qui doivent être imprimées car ce sont des gouttes de pluie qui ne doivent pas s'assécher. Le premier jour de février, début de l'année du tigre d'eau, mon année, j'ai fait la queue au bureau du secrétariat du comté. Au milieu de couples heureux obtenant leur licence de mariage, j'ai marché, tenant en main un mince morceau de papier qui annonçait qu'Emerald House Publishing était née.

Ce que vous tenez maintenant dans vos mains... ou sur votre téléphone... est un produit de ces rêves, pas seulement celui que j'ai eu cette nuit-là, mais tous ces rêves de faire quelque chose qui me dépasserait tellement que je supplierais d'épuisement pour dormir ne serait-ce qu'une nuit... Et puis me réveiller le lendemain matin, portée par mon moi exubérant qui sait que je suis en train de créer quelque chose de vraiment immense.

La fierté peut être quelque chose de très émouvant.

Joignez-vous à moi pour célébrer et honorer vos rêves : les miens, les vôtres, ceux de notre planète...

À propos de l'autrice

Heidi Harrison autrice de *The Four Seasons* déjà publié chez Sapphire Books Publishing, a toujours aimé écrire. Dès son plus jeune âge, elle a réalisé que les mots permettaient l'exode de son âme, comme une rhapsodie, développant un sentiment de grâce. L'écriture a été son roc ; ses histoires, le baume de sa guérison dans un monde qui crie pour aller mieux. Elle est née et a grandi dans la région de la baie de San Francisco. Elle est titulaire d'une maîtrise en sciences et psychologie et d'un double diplôme en développement de l'enfant, en anglais et en français. Elle a exercé près de trente ans comme psychothérapeute et professeure. Elle a également appris le violon classique. Elle a beaucoup voyagé à travers le monde, a vécu et étudié plus jeune à Paris et à Grenoble. Elle a écrit plusieurs romans et livres pour enfants, ainsi que d'innombrables histoires, -fiction et non-fiction créative-. Pour chacune de ses œuvres, elle trouve son inspiration dans son imagination, mais aussi dans des histoires de vie réelles, dans l'amour, dans la musique, dans la majesté étonnante de la nature, dans la beauté et le pouvoir des mots, les relations, la diversité des cultures. La notion de résilience du cœur humain domine son œuvre. Nous vivons dans un monde compliqué et stimulant, pourtant, en tant qu'écrivaine, observatrice et professeure, elle reste chaque jour inspirée par la grâce et l'infinie beauté que nous, humains, incarnons. Notre terre éblouissante est une nature infinie. Humblement, elle nous laisse les mots pour tenter de la décrire.

Ses histoires ont été publiées dans le magazine *The Sun* et *Still Magazine Point Arts Quarterly*.

When Paris Was Her Lover est son deuxième roman publié.

Il a gagné une mention honorable au Landmark Prize for Fiction 2019 avec Homebound Publications.

Site Web de l'auteur : www.heidimharrison.com

Facebook: https://www.facebook.com/ HeidiEmeraldHarrison.Author/

Site Web des Éditions Emerald House: www.emeraldhpublishing.com

Ecoutez le concert à Paris à la Sainte- Chapelle sur Spotify !
https://open.spotify.com/playlist/3opSlanZdB0O0zpmSz7M9D